Scrittori
34

Collana Scrittori:

1. Laura Pugno, *La caccia*
2. Cees Nooteboom, *Il suono del Suo nome*
3. Juan Gabriel Vasquez, *Il rumore delle cose che cadono*
4. Tomas Espedal, *Il corso innaturale delle cose*
5. Emanuele Trevi, *Musica distante*
6. Andrés Neuman, *Parlare da soli*
7. Göran Rosenberg, *Una breve sosta nel viaggio da Auschwitz*
8. Philippe Claudel, *Profumi*
9. Leopoldo Brizuela, *Una stessa notte*
10. Rossana Campo, *Il posto delle donne*
11. Simone Caltabellota, *Sa Reina*
12. Juan Villoro, *Chiamate da Amsterdam*
13. Paolo Zanotti, *Il testamento Disney*
14. Ruth Ozeki, *Una storia per l'essere tempo*
15. Francesco Pecoraro, *La vita in tempo di pace*
16. Rossana Campo, *Fare l'amore*
17. Rachel Kushner, *I lanciafiamme*
18. Simone de Beauvoir, *Malinteso a Mosca*
19. Mark Slouka, *L'età delle promesse*
20. TaraShea Nesbit, *Le mogli di Los Alamos*
21. Margaret Atwood, *L'assassino cieco*
22. Sergio Garufi, *Il superlativo di amare*
23. Margaret Atwood, *L'altro inizio*
24. Marcel Cohen, *La scena interiore*
25. Hubert Haddad, *Il pittore di ventagli*
26. Cristiano de Majo, *Guarigione*
27. Karen Joy Fowler, *Siamo tutti completamente fuori di noi*
28. Daniela Ranieri, *Mille esempi di cani smarriti*
29. Silvana Gandolfi, *I più deserti luoghi*
30. Rachel Kushner, *Braci nella notte*
31. Benjamin Wood, *Il caso Bellwether*
32. Scott Blackwood, *Una così breve distanza ci separa*
33. Simone Caltabellota, *Un amore degli anni Venti*
34. Rossana Campo, *Dove troverete un altro padre come il mio*

ROSSANA CAMPO

# DOVE TROVERETE UN ALTRO PADRE COME IL MIO

PONTE ALLE GRAZIE

Pubblicato in accordo con MalaTesta Lit. Ag. Milano

ISBN: 978-88-6833-067-5

Art direction: ushadesign

Ponte alle Grazie è un marchio
di Adriano Salani Editore s.u.r.l.
Gruppo editoriale Mauri Spagnol

Il nostro indirizzo Internet è: www.ponteallegrazie.it
Seguici su Facebook e su Twitter (@ponteallegrazie)
Per essere informato sulle novità
del Gruppo editoriale Mauri Spagnol visita:
www.illibraio.it

# DOVE TROVERETE UN ALTRO PADRE COME IL MIO

*E ora voglio sapere – urlò a un tratto la donna con una forza terribile – voglio sapere dove troverete in tutta la terra un altro padre come il mio!*

ISAAK BABEL'

# 1.

Mio padre una volta mi ha detto: Rossanì, tu non devi avere mai paura di niente nella vita, perché ricordati sempre che sei stata concepita sopra a un tavolo da biliardo!

Sono tornata ad Albisola il 5 novembre dell'anno scorso, papà si era aggravato all'improvviso. Dopo una vita di malanni, operazioni, ulcere allo stomaco, problemi di fegato, incidenti automobilistici, coma etilici, coma diabetici, operazioni varie ai piedi (gli avevano tolto via via sei o sette dita), un bypass alla gamba destra, crisi psicotiche passeggere, depressioni, disturbi bipolari, eccetera, Renato era riuscito ad arrivare sulla soglia degli ottantadue anni. E fino a un mese prima della malattia che lo avrebbe portato alla morte (un virus intestinale che lo aveva ridotto a pesare meno di quaranta chili), era rimasto comunque Renato. Mio padre, un tipo sballato, inaffidabile, sicuramente simpatico, un grande narratore di storie e di avventure (mezzo vere mezzo sparate così, alla grande, per il gusto di esagerare, per l'allegria di contare balle e anche per coprire con la narrazione della sua personale epopea la vera realtà della sua vita, del suo passato e degli enormi dolori patiti nell'infanzia e anche durante tutta l'esistenza). Papà, a noi ci è sempre sembrato quello che era. Mio fratello Nic, mia madre e io, lo abbiamo sempre visto per quello che era, un essere tremendamente fragile, uno sbandato, iperemotivo, schizzato, a tratti anche matto, e un grande indefesso ubriacone. Ho detto a mio fratello, un po' per ridere un po' no: Sai, pensandoci adesso credo che in fondo l'unica vera autentica passione della sua vita, l'unico punto fermo, quello a cui veramente ha tenuto fede fino all'ultimo è stata la bottiglia.

Mia madre è andata a rovistare nei diari che Renato ha sempre scritto durante tutta la vita e specie nelle serate alcoliche e ci ha trovato, ancora fino a poche settimane prima della morte, ci ha trovato segnati una serie di wischetti che lui aveva tirato giù con piacere e anche con senso di spregio verso tutta l'umanità, in particolare verso i dottori che volevano sottrargli la sua amata compagna di vita, la sua stella polare, la sua bottiglia. E poi verso i passati superiori di quando era carabiniere (i vari tenenti, colonnelli, generali eccetera a cui non aveva smesso di portare rancore anche a distanza di venti, trenta, cinquant'anni dai fatti). E per finire, verso l'amata moglie che comunque, anche se in gamba e bella come un'attrice, un chiaro difetto ce l'aveva, che continuava a rompergli il cazzo sul bere.

Anche durante i suoi funerali, e nei giorni che hanno seguito la sua morte, sia io che mio fratello abbiamo avuto la sensazione che l'energia di Renato, il suo modo di essere, la maniera tutta sua di stare al mondo continuavano a stare con noi, a non mollarci. Ce ne siamo accorti dal carro funebre che è arrivato in ritardo davanti alla chiesa di San Nicolò di Albisola, e che è andato subito a schiantarsi contro un paletto vicino all'entrata con un botto sinistro che ci ha fatto quasi ridere tutti e che si è collegato immediatamente alla reazione di Beppe, il matto del paese che ricordavo dai tempi della mia infanzia, e che era sempre lui, solo invecchiato di una quarantina d'anni. Beppe, un omone grande e grosso con un testone pelato e due infantili occhi azzurri sorridenti, vestito come sempre con un completo ispirato a Fidel Castro, con un fucile giocattolo sulle spalle e l'inseparabile borraccia più binocolo attaccati al collo, aveva tirato fuori una trombetta e incitato dalla botta del carro funebre, come se questa fosse stata una specie di direttore d'orchestra che dà il la, si era messo a improvvisare un assolo stonato ma che infondeva una sorta di allegria in tutti noi, una specie di marcetta dei boy scout che sarebbe stata perfetta se si fosse trattato di un cartone animato con Paperino e Qui Quo Qua vestiti da Giovani Marmotte. Avevo pensato, questa è la colonna sonora perfetta per il funerale di Renato.

L'insieme non era male, mi è sembrato che stemperasse la tristezza delle amiche di mia madre e di qualche vicino di casa dei miei genitori che si erano buttati a pesce sulle angosce del funerale e avevano approfittato dell'occasione per tirare fuori tutti i cavoli loro, vecchie tristezze e malinconie accumulate da una vita in cui Renato non c'entrava un bel niente. Così, la botta dell'auto al paletto e la marcetta di Beppe vestito da Fidel Castro hanno trasformato subito l'evento tragico in un'altra cosa, qualcosa che portava l'impronta, il marchio di fabbrica, il sapore inconfondibile di Renato.

E anche la funzione funebre mi è sembrato che risentisse di quello che era successo prima davanti alla chiesa, tutto era un po' anarchico e da ridere, il prete che doveva dire qualcosa su Renato, come si usa nelle messe funebri, e si capiva che non sapeva che pesci pigliare, e io mi dicevo, voglio vedere cosa dirà di un parrocchiano che non ha messo piede in chiesa neppure una volta in vita sua, voglio vedere cosa si inventa il prete.

Il prete aveva parlato di Renato come di un gran lavoratore, venuto su dal Sud Italia negli anni '60 (e qui io e Nic abbiamo cercato di non incrociare gli sguardi per non scoppiare a ridere), che aveva formato una buona famiglia, con due figli e una sposa amata e rispettata per tutta la vita (e mi erano venute in mente le botte che Concetta si beccava da Renato quando beveva, e perfino l'ultima volta, quando era già un vecchio di ottant'anni, magrissimo, durante quello che lo psichiatra aveva definito un episodio maniaco-depressivo, in quella crisi di pazzia aveva ritrovato una strana animalesca forza ed energia e l'aveva di nuovo picchiata, con calci e sberle e spintoni).

Io mi ero detta durante quella messa che le cose vanno così, che la verità delle persone viene sempre abbellita, edulcorata, tenuta nascosta, che nessuno in fondo ha il coraggio di guardare le cose per quelle che sono. Di guardare alla nuda verità delle nostre vite, non ce la facciamo. Abbiamo paura che la nuda verità possa farci schiantare, possa farci uscire di testa, o morire di dolore, possa farci venire la voglia di prendere un fucile, un fucile vero, non il fucile giocattolo di Beppe vestito da Fidel Castro, e fare secchi tutti.

Credo di essermi messa a scrivere, fin da ragazzina, per provare a portare fuori, in uno spazio solo mio, la verità delle cose. Mi sono messa a scrivere per trovare un luogo dove fare il punto della situazione, dove mettere nero su bianco quello che sentivo e che vedevo e che tutti intorno a me puntualmente negavano. Mi è sempre sembrata un'attitudine molto italiana, delle famiglie e dei singoli, questa di non volere guardare le cose per quelle che sono, questo aggirarle, rimuoverle, questo sperare che rimandando, non affrontando, non mettendosi di fronte alla verità delle cose, le cose cambino, si trasformino, facciano meno male, o addirittura spariscano.

È stato strano, quindi, per me svegliarmi una mattina dopo un paio di settimane dalla morte di mio padre e ripensare a lui con un senso di allegria improvvisa, come di possibilità, di respiro, e con mio enorme stupore scoprire mescolata alla rabbia che ho spesso sentito per avere avuto un padre così, e alla tristezza di non poterlo più vedere né telefonargli più, è stato strano per me scoprire una specie di gratitudine vera, sincera che veniva su dalla pancia, o dalla profondità della mia vita. E questo, adesso? Cosa significa? mi ero detta, parlando da sola a voce alta come mi capita ogni tanto. C'era qualcosa dentro di me, una parte forse infantile, o molto antica, che sorrideva a Renato. Una parte che era sempre stata mischiata con la furia e anche il dolore, uniti a un senso di vergogna per essere quella che sono e per il fatto di avere sempre collegato quella che sono a lui, a Renato, mio padre. Adesso però c'era qualcos'altro, un sentimento quasi gioioso, e liberatorio, collegato a una specie di gratitudine insensata, ma sincera, per tutto quello che lui era stato e per le cose che mi aveva trasmesso, forse suo malgrado, forse solo come eredità genetica.

Cos'è, cos'è questa roba che stai sentendo adesso? mi ero chiesta.

Forse, ora che l'avventura umana di Renato sul nostro pianeta si era conclusa, ora che ero sicura che la sua parte distruttiva non avrebbe più potuto farci soffrire, restava solo qualcosa di quest'uomo, diciamo la sua natura di fondo, la parte bella che aveva, restava la sua parte anarchica, vitale, casinista, quella sua capacità di fottersene delle regole, delle opinioni comuni, delle buone maniere ipocrite, dei doveri fasulli. A tutto questo che sentivo ora di lui, ero profondamente grata. La parte buona di Renato la vedevo ora come un'eredità preziosa, e avevo voglia di ricordarmi di quando ero bambina, di quando ero innamorata delle sue cose migliori, di quando stare con lui significava sentirmi libera, completamente libera di essere quella che ero. E dunque completamente viva.

Avevo pensato che se oggi mi capita ancora di sentirmi così nei miei momenti migliori, quando il solo fatto di essere viva e respirare mi sembra un evento glorioso, di una meraviglia indicibile, e ogni giorno è pieno di possibilità, lo devo anche a te pa', a quello che eri e alle tue qualità più belle.

Così appena sveglia, mentre innaffiavo l'alberello di ficus vicino alla finestra, gli avevo detto, con la sicurezza che in qualche angolo dell'universo una parte di lui era rimasta, gli avevo detto: papà, nella tua vita incasinata mi hai passato qualcosa di buono, anzi forse sono io che testarda l'ho beccato, mi sono aggrappata a questa roba che mi veniva da te. Non mi sono fatta anestetizzare sai, non mi sono fatta mettere la museruola da nessuno, né da una persona né da idee tristi, lamentose e sono andata avanti cercando di farmi una vita che ho sentito come autentica, sincera, mia. Renato, avevi ragione a dirmi che non devo avere paura di niente, perché sono stata concepita su un tavolo da biliardo!

# 2.

Ci sono i temporali, i nubifragi, le alluvioni. Ogni volta che prendiamo la Simca e andiamo al Sud a trovare i parenti ci becchiamo qualche temporale, qualche nubifragio, qualche alluvione. Renato indossa i guanti da pilota di formula uno, quelli di camoscio senza dita, ci ha un berretto con la visiera e fuma le Amadis senza filtro. Concetta ha le sue minigonne, le camicette attillate e colorate che mettono in mostra il petto e si agita subito appena sente un tuono, appena vede la saetta del lampo nel cielo all'orizzonte. Quando scoppia il tuono si tiene la testa con la mani e grida: ODDIO!

Renato si incazza a vederla così coniglia impaurita, e comincia a smadonnare tutti i santi del paradiso. A me i tuoni un po' mi agitano. Ma non voglio fare la figura della cacasotto. Così dico: Io dei tuoni me ne fotto.

Ah brava! Tu non ci devi mai avere paura di niente picci', mi dice Renato.

No, io non ho paura di niente, io sono fortissima.

Brava picceré, così vai bene, tu diventerai una pilota della formula uno.

Cos'è la formula uno?

Sono dei rottinculo che fanno le gare con le automobili a chi va più forte.

Io non lo so se mi piace diventare una pilota di formula uno.

E che vuoi diventare?

Forse voglio diventare una ballerina televisiva come le gemelle Kessler.

Sì, le gemelle Kessler, quelle ci hanno due metri di gambe, sono due cazze di tedescone, tu mangi troppi spaghetti, tieni la panza, e che vuoi fare la ballerina?

Va bene, fa niente, me ne fotto pure delle ballerine.

Ah, che bel carattere che ci ha questa, dice Renato contento, è tutta a papà!

Questa mi diventa una sbandata, questa mi diventa una barbona! Questa viene come te e tutta la tua famiglia di zingari, oddio speriamo che non ha preso solo da te e dalla tua famiglia, speriamo che ha preso pure qualcosa da me, dice Concetta sempre con le mani che tengono la testa riparata dai tuoni.

Siamo zingari, siamo vagabondi, siamo diversi dal resto delle persone che abitano ad Albisola, provincia di Savona. Abbiamo un modo di parlare diverso dagli altri, i miei si vestono in modi bizzarri e hanno un accento da beduini che nessuno li capisce quando discutono.

Ci hanno i vestiti sgargianti quando vanno a ballare, ci hanno i papion, i vestiti verde smeraldo con le paiett, mia madre ha le minigonne con tutte le cosce di fuori, dice che se ce l'hanno le attrici della televisione e del cinema ce le può avere anche lei che non ci ha niente da invidiare a nessuno con le sue cosce lunghe, belle abbronzate e diritte, tiè, non potrei andare pure io in televisione e non stare a spazzare la monnezza in questa casa di merda? dice.

Abbiamo l'automobile tutta scassata, non può andare mai troppo veloce che sennò subito esce il fumo dal motore o perde l'olio da sotto. Renato una volta ha dichiarato che andava a caccia e già che c'era pure per funghi e poi è ritornato senza aver preso niente, né un uccello né i funghi, ha preso solo un serpente lungo quasi due metri, l'ha ammazzato con le sue mani, dice (sicuro che è una palla), e l'ha attaccato sul parabrezza come un trofeo. Gira per il paese con l'auto, procede lento col finestrino aperto e il braccio fuori e si pavoneggia, fa lo smargiasso. Non capisce invece che tutti lo prendono solo per uno zingaro pazzo e 'mbriacone, che non gli frega niente a nessuno che un ex carabiniere buttato fuori dall'arma a calci in culo va nei boschi e spara ai serpenti.

A me invece mi piace com'è fatto Renato, mi piace che è spavaldo, sbruffone, che si spara la posa per cose insensate e cerca sempre di tirar fuori cazzate a tutta birra. A me piace così, anche perché quando hanno cercato di mandarmi all'asilo delle suore e io non ci sono voluta andare e mi sono buttata per terra urlando e scalciando per protesta, lui ha capito che non mi dovevano forzare, che tanto pure se mi sparavano io dalle cape 'e pezza non ci sarei andata. Infatti mi ha detto: Tu Rossanì, sei come me, non c'è verso di farti accettare la disciplina, non ci stanno cazzi! Concetta, niente asilo per la piccerella, questa è una testa matta come me! Poi, rivolto a me spiega: E quanto alle suore o a qualunque altra persona che si permette di romperti la uallera, sai che ci devi dire? Tu ci dici: ha detto mio padre, jatevenneaffanculo!

Concetta è in ansia, vorrebbe vedermi inserita nel paese, vorrebbe sentirmi parlare con la lingua dei visi pallidi, vorrebbe che ci tramutassimo in settentrionali anche noi, ma non lo capisce che non lo saremo mai, che si vede lontano mille chilometri quando stiamo arrivando noi meridionali, quelli della BASSA ITALIA, quelli che non sanno parlare senza gridare, quelli che si appiccicano sempre con tutti, quelli che magnano i maccheroni rossi col sugo con le polpette di carne. I terroni.

# 3.

Nei giorni dopo il funerale di Renato, mia madre, mettendo a posto dei quaderni e delle agende su cui lui ha sempre scritto i suoi ricordi, le pensate e chissà che altro, mi dice, Lo sai aveva detto che aveva smesso di bere, aveva detto che aveva smesso dopo una delle ultime operazioni ai piedi, sei anni fa.

E invece?

Senti qua, mi fa e mi legge un pezzo dei diari di papà, dice: oggi mi sono fatto un paio di wischetti, lo so che poi quando torno a casa mia moglie mi rompe il cazzo, ma io sono fatto così, prendere o lasciare. Se vi sta bene, questo è, sennò, andatevene a fare in culo! Parola di Reian!

Mi metto lì a valutare la forza di mia madre, il coraggio di andare a leggere i diari di papà, di leggere tutto senza fermarsi, anche le parti più toste. Si mette lì a decifrare la calligrafia di mio padre, si incazza, si stupisce, ma regge il colpo, non si scompone troppo.

Mi dice: Tuo padre! Ma lo sai che i dottori gli avevano detto che non doveva più toccare una goccia d'alcol almeno quarant'anni fa?

E lui? chiedo.

Lui? Se ne fotteva, come di tutto il resto.

Mi racconta di quando era un giovane carabiniere e aveva deciso di fare gli esami per passare di grado, esami da maresciallo. Era partito una mattina diretto a Roma per i famosi esami e poi era sparito, si era ripresentato cinque giorni dopo.

Cos'era successo? le chiedo.

Io stavo agitatissima, figurati, ho telefonato a un carabiniere che conoscevo, gli ho chiesto notizie: Eh Concetta! mi fa, Renato si è presentato agli esami completamente ubriaco!

No!

E no, sì,

E poi cos'è successo? Dov'è finito gli altri giorni?

Se n'era andato in giro con la macchina, è arrivato in Molise, in Puglia, ha continuato ad andare in giro bevuto, dormiva in macchina, finché ha fatto un incidente, è finito in un burrone, l'hanno raccolto dei contadini e l'hanno tenuto da loro. Quando si è rifatto vivo e si è presentato a casa aveva gli occhi neri come se lo avessero preso a pugni, un labbro spaccato ma ti giuro che l'avrei ucciso io con le mie mani!

L'ultima volta che ho visto Renato vivo era il 5 ottobre, la mattina ero a Milano a presentare un mio nuovo romanzo, poi verso l'una ho preso il treno e sono arrivata da loro. L'ho sentito subito che qualcosa era cambiato, anche se all'apparenza niente doveva farmi pensare che esattamente un mese dopo, il 5 novembre, sarebbe stata l'ultima giornata sulla terra per Renato, il mio vecchio Reian. Istintivamente avevo preso il telefonino e avevo cominciato a fargli delle foto mentre stavamo mangiando. Le ho fatte anche a Concetta perché vedevo che ci rimaneva male a non essere anche lei un soggetto fotografico. Ma era lui che volevo ritrarre, come per conservare un ricordo, una traccia, qualcosa di lui.

Devono essere quel genere di cose che succedono fra le persone con cui c'è questo tipo di legami profondi e incasinati. Ho anche fatto una cosa che non ho mai fatto, mi sono ricordata che il mio nuovo cellulare aveva una piccola telecamera per brevi video, ho cercato di capire come funzionava e l'ho fatta partire. Ho detto, Pa', raccontami qualcosa. Lui tutto ringalluzzito per essere al centro dell'attenzione, si era aggiustato un po' i capelli grigi e aveva detto: E che ti posso dire?!

Quello che ti viene in mente, dai.

Mmhhh... vediamo... ha guardato verso mamma e le ha detto: E che cazz ci dico mò a questa?

E inventati qualcosa, Renato sei sempre lì a spararle dalla mattina alla sera e mò non sai che dire?

Ho detto, Il sogno, papà, mi dicevi di un sogno che hai fatto stanotte.

AH! ti dico il sogno, ti dico di un sogno che ho fatto stanotte, maronna che impressione!

Dai racconta, aspetta che accendo, vai!

Allora... questa notte ho fatto un sogno molto impressionante, stavo entrando in una stanza grande, in una casa molto signorile, e sentivo che dovevo passare per forza di là, ma mi stavo cacando sotto per la paura. Però mi dico, E no, Renato, di qua devi passarci per forza, non c'è verso. Allora mi faccio coraggio, entro dentro e che vedo!?

Che vedi?

Maronna! C'era mamma che stava partorendo! Era Titina, ma somigliava pure a mia mamma, nonna Regina! E gridava, urlava stava male e mi diceva: Renato aiutami! Aiutami, fai qualcosa! Sto troppo malamente! Per favore ti prego fai qualcosa!

E tu che facevi?

E io ero lì pietrificato, una paura! Lo sapevo che dovevo fare qualcosa, lo sapevo che ero 'n omm 'e mmerda se non facevo niente ma ero bloccato, mi sentivo come paralizzato, allora...

Allora?

Mado... ecco mò mi emoziono, cazz...

Non ti preoccupare, pa', vai tranquillo,

Eh ma non vorrei che tutti mi vedono così emotivo.

Non ti preoccupare mica siamo alla televisione, questo è un video che tengo per me, un ricordo, dai!

Uè ma un ricordo di che? mica so' già mmuort! Fammi toccare le palle, scusa eh, con decenza parlando!

Ok, dai continuiamo, dicevi?

E che dicevo? Non mi ricordo,

Dicevi che mamma o nonna, la donna che nel sogno stava partorendo, ti chiedeva aiuto.

Sì,

E tu?

E io ero paralizzato, non riuscivo a fare niente e quella urlava urlava.

E questo ti faceva stare male?

Malissimo!

Ok. Gli dico: Ma tu eri stato vicino a mamma quando partoriva me o Nic?

Io? Certo, ero stato lì, presente!

Come no, dice mamma.

Non è andata così? chiedo.

Lasciamo perdere va', fa Concetta.

Dai voglio sapere, raccontate!

...

...

E che, ora siete diventati muti tutti e due?

Guarda, dice mia madre, quando sei nata tu, stavi per morire, ci avevi il cordone ombelicale che si era tutto attorcigliato intorno al collo e più spingevo e più il cordone ti stringeva il collo.

Ah, ecco, è cominciata bene, per me, dico.

Però ce l'abbiamo fatta, madonna quanto ho cristonato, quanto mi hai fatto spantecare! Madonna che dolori! Non li auguro nemmeno al peggior nemico, nemmeno a Hitler li augurerei guarda!

Scusa mamma, ma perché mi hai partorito in casa, da sola? Nel 1963, gli ospedali esistevano.

Eh, sai così si usava nella mia famiglia, le donne allora mica partorivano in ospedale, ci stavano le altre donne della famiglia che ti aiutavano, quando andava proprio di lusso ci stava una levatrice, sennò, le contadine lo facevano pure da sole nei campi, che ti credi!

Azzo, dico

E comunque, l'umanità è andata avanti lo stesso.

Be'...

E Nico, anche Nic l'hai partorito in casa, e eravamo nel 1974.

Ma sì, ma vedi che bei figli ho fatto, vedi come siete sani, intelligenti, in gamba. Perché dei dottori e degli ospedali, vatti a fidare!

Però in tutto questo papà che c'entra? Lui c'era? Ha assistito al parto? Era lì?

Guarda, la prima volta, appena mi sono cominciate le doglie, ha preso la jeep e se n'è andato in giro.

Come te ne sei andato in giro?!

Sì, ero troppo emozionato, ho preso la jeep e me ne sono andato verso La Spezia, sono arrivato alle Cinque Terre, Manarola, Vernazza, Monterosso, bei posti, mi piaceva andarmene al mare in autunno, senza tutti gli stronzi di turisti. Ah che belle le Cinque Terre!

Insomma, mamma stava spantecando, io stavo per rimanerci secca col cordone intorno al collo e tu stavi al mare, il mare d'autunno.

Eh.

E ti sembra normale?

E che dovevo fare? Quelle sono cose da donne!

No, l'ho mandato via io guarda, eravamo e io e la Roberta, la mia vicina di casa, lei mi aveva detto che mi aiutava, Renato ha cominciato subito a diventare bianco come un cencio, ci aveva tutta la sudarella, e così gli ho detto, Renato vattene va', che qua diventi solo un peso, non solo non aiuti ma mò mi devo pure preoccupare per te!

E alla nascita di Nic, com'è andata, io non me lo ricordo, stavo a casa di qualcuno.

Eh, lasciamo perdere!

Dai racconta, ormai abbiamo fatto trenta, facciamo trentuno!

Alla nascita di Nic aveva cominciato a sbronzarsi dal mattino, appena mi si erano rotte le acque questo che ha fatto, esco un attimo Titì, e se ne torna con un bottiglione di vino rosso e una bottiglia di whisky, non ci avevamo manco i soldi, e questo va a fare la provvista di bottiglioni.

E come li hai pagati se non avevi i soldi?

Come li ho pagati, ho fatto segnare...

...

'Sti stronzi di liguri, sta per nascere mio figlio, l'erede, e manco mi fai credito per un paio di bottiglie di swing! Ma che, è un modo di vivere!

Che gente eh, da non crederci.

Eh!

Ho capito, quindi il tuo contributo al parto dei figli questo è stato, con me te ne sei andato in giro a vedere il mare e con Nic ti sei sbronzato.

...

Vabbe' Ross, non stiamo a rivangare troppo dai, dice mia madre.

Ok.

Che poi gli viene la malinconia, a papà, aggiunge.

Va bene, dico, chiudo la mia telecamerina e penso a questi due sballati. Questi due esseri allegri, tristi, pazzi, ansiosi, incasinati, insicuri, eterni emigranti, sono mio padre e mia madre.

# 4.

Concetta fuma e ogni tanto la sento smadonnare tra i denti.
Dico: Cosa c'è? che è successo ma'?
Niente, ritorna a dormire,
È una stanza poco illuminata, la luce bassa dell'abat-jour, fa freddo e io mi sveglio nel mio lettino e vedo lei affacciata alla finestra che fuma. È notte, tutto è buio tranne la luce bassa dell'abat jour e qualche luce che arriva da fuori, dalla strada provinciale sotto.
Che è successo? ripeto,
Niente, quello stronzo di tuo padre,
Eh?
Ancora non è tornato, e sono le tre.
Le tre di notte? Chiedo.
E no, di giorno! non lo vedi che fuori è buio.
E dove caspito sarà andato pa'?
Con qualche bagascia delle sue. E non dire caspito, non si dice!
Cosa è una bagascia?
Niente, non è roba per te, vattene a letto che domani ci hai la scuola.

Un'altra notte, mi sveglio di colpo, dalla cucina sento arrivare voci e risate, la radio accesa, o forse è il giradischi. Renato e Concetta sono svegli, bevono il vino, stanno festeggiando qualcosa. Renato ha portato il pesce! ci sono dei grandi pesci spada e dei tonni sparsi per la cucina, sono colore dell'argento e certi hanno dei pezzi di ghiaccio attaccato. Renato tira sulla sigaretta, versa ancora da bere a Concetta, io entro in cucina, mi bruciano gli occhi, ho freddo, il pavimento freddo mi gela i piedi. Ué, e tu che ci fai ancora alzata a quest'ora?

Che cosa è successo? chiedo

Festeggiamo! Papà ha portato un sacco di pesce a casa!

E dove lo hai preso? chiedo guardando tutta quella roba, così tanto pesce non lo avevo visto nemmeno alla pescheria di Giobatta che sta in paese.

Niente, c'è stato un incidente, si è rovesciato un camion che trasportava il pesce surgelato, siamo andati a soccorrerli con Peppino e ci hanno regalato tutta 'sta roba.

Perché, li avete aiutati?

Sì, ci stava un macello, abbiamo tratto in salvo due donne e un bambino, anche se altri due sono morti sul colpo, e per loro non c'è stato niente da fare, però hai visto, mò ci abbiamo un sacco di pesce da mangiare.

Renato prende un bicchierino e mi versa da bere pure a me.

Ma sei scemo! dice mia madre,

Ma che cazzo, festeggiamo Concettina,

Ma è notte, ed è una bambina.

Vieni vieni, un goccetto che festeggi co' papà, male non ti farà.

Poi c'è il prato dietro casa. Io esco e vado a camminare, mi piace l'odore dell'erba del prato, dei cespugli e del cielo, mi piace che non c'è nessuno, che non sento le voci di nessuno che grida, che racconta dei fatti, che mi dice cosa fare cosa non fare o che mi rimprovera. Sento i grilli, sento la luce del sole e sento il rumore del mondo che gira. Sento di essere stramba, sento che non ci sono dei bambini uguali a me, gli altri bambini non mi piacciono, non mi piacciono le loro madri e i loro padri e non mi piacciono i vicini di casa. Quando c'è Renato però sono contenta. Perché vedo che anche lui come me non assomiglia alle altre persone. Mio padre è diverso da tutti e sta sempre in moto o sulla Simca o anche sulla jeep, è sempre lì che va e viene, sparisce e ritorna, porta regali, porta cioccolate e pesci surgelati la notte, porta dischi che mette sul giradischi e prende mia madre e attaccano a ballare. Quando ballano sono simpatici e soprattutto non mi dicono cosa devo fare e cosa non posso fare.

Però una bambina che mi sta simpatica c'è. È una che vedo ogni tanto, si chiama Stefania ed è la figlia del postino. Ogni tanto mi viene a chiamare, mi suona al citofono, dice: Andiamo a giocare?

Dove?

Di sotto, dice.

Va bene, dico, perché Stefania mi sembra a posto, non è una di quelle cretine che fanno le smorfie, o i risolini, si veste con delle braghe con la pettorina, ci hai i codini biondini e i denti un po' in fuori. Non ride mai e sembra sempre incazzata con tutti. Mi ispira simpatia. Un giorno le dico: Com'è che non ridi mai?

Perché mi vergogno.

Di cosa ti vergogni?

Che mi si vedono i denti in fuori.

Io faccio come fa Renato, le dico: Ma vaaa'! ma che stai a dire, tu te ne devi fottere di quello che dicono gli altri! Tu vai benissimo anche coi denti da coniglio, sei forte.

La Stefania dopo che le dico così sparisce per un po' di giorni.

Poi un pomeriggio la becco seduta alla fermata dell'autobus.

Le faccio, Ciau.

Ciau, mi fa lei.

Dove stai andando?

Vado dal dentista,

A fare?

Per l'apparecchio ai denti,

Perché,

Perché ci ho i denti in fuori da coniglio.

E lui te li tira in dentro?

Proprio così,

E sei contenta,

Abbastanza così non mi prendono più in giro che sembro un coniglio.

Ho capito, le faccio, a me comunque mi sembravi simpatica anche così senza l'apparecchio.

Lei alza le spalle, mi sa che non gliene fregava niente se mi stava simpatica o antipatica.

Dopo qualche tempo la becco di nuovo alla fermata dell'autobus, le dico: Com'è che non vieni più a chiamarmi?

Così, fa lei.

Non mi stai più amica?

No.

Perché?

Così.

Vabbe', le dico, e cerco di mettermi a ridere, di sparare una risata spavalda, per fare quella che se ne fotte, tanto, dico, io una coi denti da coniglio come te mica la volevo come amica.

Fa niente, dice lei.

Mi metto a ridere ancora più forte e mi allontano, dentro ci ho tutto un magone della madonna, come una pietra che mi si è piazzata fra lo stomaco e la pancia.

Ei, Rossi! mi fa,
Cosa? chiedo e mi giro,
Sai, io un'amica terrona non la volevo.
Ah, ho capito dico, e penso che prima o poi le metterò le mani addosso a 'sta dentona.

# 5.

Parliamo con Nic di nostro padre, Nic mi racconta vari episodi e ricordi della sua infanzia, che cosa ha significato per lui avere un padre così sballato, e averlo nelle peggiori condizioni da subito. È convinto che io sia stata infinitamente più fortunata, perché, essendo nata undici anni prima di lui, ho potuto godere di anni buoni, i primi anni del matrimonio dei miei, quando Renato ancora non era quel grande ubriacone che è poi diventato. Quando era il giovane carabiniere timido e spavaldo che portava mamma a ballare per i locali della riviera ligure. I ricordi di Nic iniziano da subito con un padre sbronzone e inaffidabile. Lo portava a fare un giro in auto e poi accostava la macchina sul bordo di una strada dell'entroterra ligure e gli diceva: Aspetta in macchina a papà, che torna subito, prendo una cosa e arrivo, mi raccomando fai il bravo eh!

Il piccolo Nic aspettava e aspettava e Renato era entrato in un bar o in una bettola o in un autogrill e cominciava a tirare giù bicchieri e bicchieri di vino, di whisky o quel che era.

Nic ora è un uomo di quarant'anni, io trovo che sia un padre meraviglioso per il piccolo Lorenzo, trovo che sia diventato quasi l'opposto di Renato, affidabile, solido, accogliente.

Sì, però sono fuori, sorella, mi dice, a volte mi sento completamente sballato! ma mi faccio forza, tengo duro per Lorenzino, non voglio fargli pesare niente, voglio sentire che mio figlio è felice.

Ci raccontiamo altri episodi legati a nostro padre, poi dico: Sai, se fosse un film con le musiche di Tom Waits, con la sceneggiatura di Bukowski, queste storie ci piacerebbero.

Sì, fa lui, e come continuando il mio pensiero aggiunge: Ma invece era la nostra vita, capisci!

Già, era la nostra vita.

La sera che papà ci ha lasciati io stavo a Roma. Nic mi ha scritto un messaggio, diceva: Sorella, se n'è andato, non ha sofferto troppo. Gli ho messo in tasca un biglietto coi nostri numeri di telefono.

Una mattina appena sveglia, sono pochi giorni che lui è morto, penso alla descrizione del viaggio che la coscienza compie secondo il Buddismo tibetano, quando passa dalla vita sulla Terra al momento in cui si dissolve nell'universo come pura energia. Cerco di ricordare le descrizioni dei vari stadi che attraversano i defunti, cerco nella mia libreria *Il libro tibetano del vivere e del morire*. Lo apro, leggo qua e là le preghiere per accompagnare chi sta lasciando la vita:

*Possa io essere il protettore di chi è privo di protezione,*
*la guida di chi è in cammino,*
*una barca, un ponte, un guado*
*per chi desidera approdare all'altra sponda.*

*Possa il dolore di ogni creatura vivente*
*essere completamente cancellato.*
*Possa io essere il medico e la cura*

*e possa essere l'infermiere*
*di tutti i malati del mondo.*

*Possa io sostenere la vita di tutte le innumerevoli creature.*

Vado avanti, leggo altre frasi. Quando sei triste, abbi il coraggio di dirti: Qualunque sensazione sto provando, passerà. Se anche ritorna, non potrà durare. Se non cerchi di prolungarli, i sentimenti di perdita e di dolore si dissolveranno naturalmente e scompariranno.

L'idea del viaggio che Renato deve affrontare nell'universo mi riempie di preoccupazione, lui che non era bravo nelle cose pratiche, che faceva un casino della madonna anche solo per andare alla posta a pagare una bolletta, come se la caverà in questo grande viaggio? Riuscirà nell'attraversamento del Bardo, come lo chiamano i buddisti tibetani? Gli dico: Te la stai cavando papà? Tu che facevi un casino incredibile per ogni cosa, come farai a cavartela in questo passaggio così complicato? Ti ricordi che ti avevo dato dei libri di Buddismo, chissà se li hai mai letti, chissà se ti ricordi il mantra che ti avevo insegnato, se ti ricordi di utilizzarlo per avere la pace, per arrivare poi a una rinascita felice.

Sorrido per le mie preoccupazioni, anche dopo morto ci dai delle preoccupazioni, pà. Ma cosa te ne fai delle mie preghiere? Ci vorrai stare là in mezzo ai Budda e ai Bodhisattva a cui ti sto affidando? O farai casino come al solito e li manderai tutti a quel paese?

Mi prende la voglia di fare pulizie, di mettere ordine, comincio dalla scrivania e dai cassetti, decido di fare spazio, disfarmi di vecchie carte, lettere che posteggiano lì dimenticate da anni, estratti conto della banca, contratti con gli editori, cartoline preistoriche, agendine di anni passati, tutta roba di cui non riesco a disfarmi ma che non riguardo mai.

Comincio a passare in rassegna i diversi fogli, ed eccolo lì, accompagnato da una piccola botta allo stomaco, un segno di mio padre. La sua scrittura. Riconosco immediatamente la calligrafia, il tratto nervoso, largo, calcato, è simile alla mia. Sono una decina di fogli formato protocollo, alcuni scritti a mano, altri battuti a macchina, sono delle sue poesie. Renato ha spesso avuto questo gesto di mollarmi parte della sua produzione poetica, a volte anche in prosa, mi ha spesso passato dei suoi racconti con storie della sua infanzia, oppure vicende di guerra e del periodo in cui faceva il caramba. Io prendevo questi fogli con una tempesta nel cuore, lo sentivo un gesto molto intimo. Forse il più intimo che poteva esistere fra me e lui, lo sentivo come un tentativo, una richiesta di ascolto, di aiuto, di condivisione dei suoi sentimenti, della sua vita, dei ricordi. Quando ero ragazza questi fogli mi riempivano di rabbia e di imbarazzo, rabbia perché mi ero sentita tradita e abbandonata mille volte da lui, ogni volta che si era ubriacato duro, ogni volta che non si era presentato a un appuntamento. Ogni volta che lo vedevo prendere la strada dell'autodistruzione, ogni volta che da bambina gli chiedevo di promettermi che non si sarebbe più sbronzato e lui, dopo aver promesso, puntualmente continuava a fare il cazzo che gli pareva. Mille volte mi ero sentita abbandonata e lasciata in pasto al nemico, mille volte mi era mancato il padre che mi aveva promesso che noi due insieme potevamo lottare contro il mondo che non ci capiva. Milioni di volte mi aveva tradita e ora veniva di nuovo a chiedermi di ristabilire un'intesa, un patto, di essere di nuovo complici, padre e figlia, quelli che si capiscono, quelli che hanno l'anima gitana, l'anima da artisti. Ma per me era troppo tardi. Era qualcosa che non volevo più fare, non potevo più permettermelo.

Mescolato alla rabbia, arrivava anche un fastidio, un imbarazzo totale, esplosivo, perché quello che scriveva era sempre la quintessenza del suo spirito, era tutto così spudoratamente renatesco, sincero, infantile, naïf, aggressivo, tenero e pieno di odio e rancore e condito di sfanculamenti verso tutto e tutti che mi sembrava troppo osceno, troppo forte, e soprattutto mi sembrava qualcosa che poteva facilmente risucchiarmi dentro. Forse, quello che temevo era anche il sentire così chiara l'anima di Renato, e dover riconoscere che l'anima di questo matto che era mio padre era fatta di una pasta con cui era stata fabbricata anche la mia. Erano magari due anime in apparenza diverse, ma la fabbrica che le aveva prodotte doveva trovarsi nello stesso paese, impiegare lo stesso tipo di materie prime, gli stessi progettisti, servirsi degli stessi operai. Che casino mi scatenavano dentro quelle sue prose.

E adesso, stava succedendo di nuovo, anche se lui non c'era più, e io ero partita con una mattina tranquilla e il proposito di creare ordine, di buttare via il vecchio per rinnovare le energie, eccetera, ecco che Renato tornava a farmi visita.

Ho aperto le pagine. Nelle poesie battute a macchina, riconoscevo i caratteri della sua vecchia Olivetti su cui da ragazzina avevo scritto alcuni dei miei primi racconti. Ho scorso i titoli: *Il poco e il molto*, *Il prosciutto d'oro*, *Notte d'inverno*, *Un sogno mio*, *Questi pensieri*, *a Joe*, *A mia moglie*, *Sulla fine del Partito Comunista.*

Ho attaccato la prima, QUESTI PENSIERI:

*Se qualche volta non mi vengono i versi,*
*io sono un uccello senza voce, o peggio!*
*Se qualche volta io non riesco a sentire*
*il dolce bacio della poesia*
*e l'ho perduta – beh, questa mia testa*
*non ha più padronanza di sé e,*
*ogni palo, lo prende per una croce –*
*ogni moscerino, lo prende per un avvoltoio*
*divento in mezzo a tante idee quasi sperduto –*
*una pulce.*

## SULLA FINE DEL P.C.I.

*Questo cuore mio, è certo non riposa,*
*se non può più batter per un IDEALE*
*che cerca sempre, ma non lo trova più.*
*Eh, tra tanti dolori lontani e recenti, tanti guai,*
*pure questo ci mancava!*
*Se pensi alla totale indifferenza della gente,*
*se pensi che milioni muoiono di stenti*
*e il pane dei ricchi è là che indurisce sulle tavole imbandite!*
*Ma voi ricchi, dico io, da piccolo uomo, quasi nullo,*
*ma a che pensate? Rispetto alle vostre tante ricchezze?*
*A chi lasciate quello che ammucchiate?*
*Ma io sto dalla parte di chi pensa –*
*Come dicono i migliori poeti*
*Bisogna lasciare tutto, per iniziare una vera vita Nuova!*

# 6.

Un giorno, mi provo a fare le magie. Ci sono dei pomeriggi che me ne sto tutta sola a casa e ho visto alla tivù una tipa con un cappello in testa che fa le magie, trasforma un cagnolino in un coniglio, tira fuori dalle orecchie della gente degli orologi e cose del genere, mi piacerebbe assai pure a me di fare le magie! Quel pomeriggio sono con Mariapia l'amica di mamma che mi parcheggiano ogni tanto da lei quando vanno a lavorare, allora a me piacerebbe trasformare questa Mariapia che tiene un caspito di nasone grosso e la scucchia in un cagnolino, così mi fa compagnia e se ne sta zitta. Mi provo a concentrarmi fortissimo, chiudo un po' gli occhi, disegno delle specie di cerchi intorno alla sua testa con le mani e dico un due tre ecco fatto. Ma un cazzo, quella Mariapia rimane sempre lei. Tale e quale, non si trasforma di un centimetro! A volte mi provo a trasformare dei fiori in qualcos'altro, e anche le file di formiche in file di amichetti simpatici come quelli che vedo nei telefilm di Pippi Calzelunghe. Guardo bene le formiche che vanno su e giù, portano dei pezzetti di mollichine di rametti e di cose simili tutte svelte, veloci veloci, faccio dei cerchi sopra le loro teste con le dita, chiudo gli occhi e quando li riapro, manco per il cazzo, quelle sempre formiche rimangono. Questo fatto di trasformare le cose mi piacerebbe davvero, mica solo con gli animali e le persone però, mi piacerebbe che si potesse pure far sparire tutto quello che non ti piace o che ti fa venire quel sapore di amaro e di ferro nella bocca o quella specie di pietra sul cuore, tutto quello che nella vita non ce lo vorresti proprio avere, sarebbe bello assai che con una magia, oplà, sparisce e se ne va affanculo!

Gliel'ho chiesto a Renato, gli ho chiesto se lui ci crede alle magie,

Che significa?

Se ci credi che certe persone hanno questa capacità di mettersi là e con un trucco fanno sparire certe cose, o trasformano un animale in un umano.

E certo che ci credo, io quando sono stato in India ho conosciuto certi grandi maghi che coi giochi di prestigio facevano sparire degli elefanti e delle tigri! Che suonavano dentro al flauto e i serpenti si mettevano a ballare!

Azzo! Dico,

È accusì, Rossanì!

Papà, ma tu ci sei stato davvero in India?

Come no! Te l'ho già detto.

Ha detto mamma che non è vero, che spari sempre un mucchio di balle.

Quella, lasciala stare, che ne sa Concetta della vita!

Delle cose assai simpatiche comunque Renato già le fa: per esempio, quando mi porta sulla jeep e fa finta di farmi guidare, o quando arriva a casa nella notte che mi ha portato dei pezzi di cioccolata, biscotti e ciocorì più altri strani regali che non so dove li trova, una volta mi ha portato un paio di guantoni da boxe enormi, pesantissimi, che mi ha detto sono del grande campione di boxe Nino Benvenuti, un'altra volta mi ha portato una bicicletta da cross che ci mancava solo il sellino, eccetera. Io lo trovo divertente quello che lui fa e non capisco perché mia madre è incazzata con lui per l'eternità, come dice. Forse ha ragione lei però, mio padre arriva sempre tardi agli appuntamenti e poi perde sempre tutti i lavori che trova. A me non mi dispiacciono però queste cose, perché per esempio quando perde il lavoro io lo vedo di più.

Poi mi piace che lui ha sempre una parola di sfottò per tutti quelli che sono a modino, quelli che fanno tutto giusto, che sono tutto punto e virgola, quelli che pensano solo a lavorare lavorare e poi schiattano e tanti saluti. Quelli che sanno risparmiare, mettere i soldi da parte, accumulare il gruzzoletto, comprarsi una casa con le rate del mutuo e poi tanto schiattano pure loro. Quando siamo in giro insieme ci guardano in modo strano, io sono molto fiera di essere la figlia di Renato, gli somiglio anche fisicamente, ci abbiamo gli stessi occhi e gli stessi capelli neri neri e poi capisco al volo le sue battute, e ho imparato pure io a parlare sempre a sproposito, come fa lui. Mi piace quando mi dice: Fottitene piccire', salta su! e mi porta in giro con l'auto e lì ci sono mille avventure che ci possono succedere, tutto diventa pieno di swing come dice lui e la vita diventa pazzescamente divertente.

E più di tutto mi piacciono i suoi modi di dire, le parolacce, il suo sfanculare il mondo intero, il suo non sentire rispetto o timore per nessuno, il sindaco, il poliziotto, il prete, la maestra o l'ammiraglio, il maresciallo o il generale. E più di tutto quando dice: Poliziotti, dottori, politici, preti, suore. Sono solo una massa di stronzi, ricordatelo!

Un giorno a scuola la maestra ci dice di fare una ricerca per casa, dobbiamo trovare la lanterna di Genova e disegnarla uguale e portarla il giorno dopo.

Io vado a casa e dico ai miei mentre mangiamo: Per domani devo fare la lanterna di Genova, devo fare un disegno con la lanterna di Genova e non sono capace. Che caspita è 'sta lanterna di Genova?

Ahhhh...! Ma è 'na strunzata, ti aiuto io Stellì, senti a papà, prendi un foglio di carta e 'na matita, vedi che bella lanterna che ci facciamo a quel coppo della tua maestra. Io eseguo e dopo un po' di tempo papà mi ha disegnato una bella lampada tenuta da una mano, ma fatta proprio bene, l'abbiamo colorata tutta di giallo come se faceva una gran luce, e la mano l'abbiamo fatta tutta rosa. Il giorno dopo vado a scuola e faccio vedere il disegno alla maestra.

E questa cosa sarebbe?

Questa? Come che sarebbe! Maestra, questa è una lanterna! Non la vede?

Sì, ma io non avevo chiesto una lanterna, avevo chiesto di disegnare la famosa Lanterna di Genova.

Vedo gli altri strunzi della classe che ridono, le bambine ridono con la mano davanti alla bocca. Faccio una smorfia, dico piano: Uè, ridi ridi che la mamma ha fatto i gnocchi!

Guardo la maestra e dico: Maestra, e questa può darsi che proprio da Genova viene!

Gli altri stronzetti si sganasciano ancora di più,

Io dico: Ma che caspita ci avete da ridere, ma siete proprio dei mongoli!

La maestra dice: Portami il diario, ti metto una nota, non si insultano i compagni di classe.

E questi che caspita ci hanno da ridere?

Non si dice che caspita ci hanno, semmai si dice, cosa hanno da ridere.

Tu Carlotta Rapetti, porta il tuo disegno qui.

La Carlotta Rapetti con le treccine bionde si alza dal banco e porta il suo quaderno che ci ha pure la copertina plastificata rossa, la maestra me lo apre davanti alla faccia e vedo il suo disegno: una specie di torretta sopra gli scogli, che manda un fascio di luce verso il mare e le navi lontane. Un disegno da supermongola.

Dico: Embè? E questa è ’na lanterna?

Sì proprio così, è il faro di Genova che guida le navi verso il porto, mio papà è capitano di nave e mi ha fatto vedere molte illustrazioni del faro di Genova.

Se lo dici tu, faccio, e me ne vado a posto col mio diario con la nota per le parolacce e il mio quaderno con la lanterna troppo bella ma completamente sbagliata che mi aveva disegnato Renato.

# 7.

Ieri sera ho rivisto per caso alla tv il film *Martial Child*, è la terza volta che lo vedo e ho notato che succede sempre in periodi di grandi casini interiori. È la storia di un bambino un po' matto che vive in un centro di accoglienza nascosto dentro uno scatolone, dice di venire da un altro pianeta e di essere molto sensibile alla luce solare. Per questo passa tutto il tempo dentro il suo scatolone. Poi c'è l'attore John Cusack che fa la parte di uno scrittore di fantascienza, ha appena perso la sua donna, è in un momento di bancarotta emotiva. L'assistente sociale che è sua amica gli propone in affidamento il piccolo marziano. La cosa potrebbe funzionare, perché anche lo scrittore da bambino si sentiva un tipo strambo e poi ha dimestichezza con gli alieni. I due sembrano intendersi, il piccoletto esce dal suo scatolone in cambio di un paio di occhiali scuri per proteggersi dalla luce terrestre.

C'è una scena del film che mi emoziona moltissimo ogni volta, è il momento in cui questo padre adottivo cerca di insegnare al piccolo disadattato qualcosa che ogni buon americano deve conoscere, il gioco del baseball. Prova a spiegargli le regole, ma il ragazzino è imbranatissimo, non riesce a prendere una palla, niente. Poi, a un certo punto John Cusack ha un'intuizione, cerca di motivarlo a partire da quello che il piccolo è. Gli dice: Sei strano, sei il campione più strano che si sia mai visto in giro, sei un eccentrico, la gente non ti capisce, tu non capisci la gente e non capisci neppure te stesso. Sei parecchio originale, ma sei anche un campione, e quando ti concentri e fai il tuo lancio, vinci! Dopo questo discorso, il piccolo marziano riesce a beccare la palla che il padre adottivo gli tira.

Ogni volta che rivedo questa scena, qualcosa prende a danzare dentro di me, mi si riempiono gli occhi di lacrime e mi dico: Oh, quanto mi sarebbe piaciuto che qualcuno mi avesse parlato a questo modo quando ero bambina! Se solo qualcuno avesse usato con me queste parole!

Eppure, qualcuno c'era che mi diceva questo! C'era, sì, era Renato, quel matto di mio padre.

La notte poi ho fatto un sogno che mi ha messa tutta sottosopra. Ho sognato mia madre e altre persone che vengono verso di me, e tutti insieme mi dicono, come leggendo una specie di sentenza che è stata emessa da un qualche tribunale, mi dicono che sono stati incaricati di mettere ordine in casa mia, che è tutto troppo anarchico e disordinato e devo imparare a sistemare la casa come si deve. Per prima cosa, mi comunicano, si è deciso che devo chiudere in una cassettiera bianca che si confonde coi muri tutti i libri che mi sono più cari, i libri di tutti gli scrittori matti e ubriaconi che amo. Per prima cosa, si comincia da qui, mi dicono. Io, già nel sogno sento una furia che mi devasta. Mi sento sopraffatta, e la cosa che più mi indigna è che anche mia madre, che dovrebbe stare dalla mia parte, contribuisce a questa assurda imposizione. Sono disperata, mi chiedo: e ora come faccio? come faccio? come farò da sola contro tutti questi? Ma io, mi dico, la mia casa la voglio così, mi sta bene così, piena di confusione e disordine, coi miei libri e tutto quanto. È casa mia! Mi allontano da queste persone e mi ritrovo in un vecchio mercatino delle pulci, forse a Clignancourt, vendono dischi in vinile e cd usati, ci sono degli uomini, degli zingari probabilmente, e dei ladruncoli, penso che sono come *I miserabili* di Victor Hugo, mi fanno pensare all'umanità descritta da Hugo. Ora sono commossa, mi sento bene fra loro, mi sento accolta, di colpo ho ritrovato la mia gente. Ora, non ho più niente da temere. Mi metto seduta, guardo i dischi, vedo vecchie incisioni di Charlie Parker, Charlie Mingus, Thelonious Monk. Un vecchio che è seduto vicino a me, con alcuni denti d'oro, mi guarda e mi chiede, in francese, se sono stanca, oui, je suis très fatiguée, gli dico, sono stanchissima, vecchio mio, gli dico. Lui mi capisce, mi dice di riposarmi, che ho fatto tutto quello che dovevo, ora posso anche mettermi un po' lì, allungata su una branda e riposarmi, che ci pensano loro a proteggermi. Gli dico, Ma se resto fra di voi, non mi verranno poi di nuovo a rompere le scatole quelli?

L'uomo dai denti d'oro dice: Quella è gente che si è chiusa il cuore, non hanno più niente al posto del cuore, ma petite.

Proprio così, lo sapevo che voi mi potevate capire, ragazzi, dico.

Poi vedo che fra i dischi di jazz c'è anche un vecchio disco di Guccini, un vecchio vinile, si tratta del disco *Radici*, guardo il prezzo, è molto caro, perché costa così tanto quel vecchio disco? mi chiedo, e mi sveglio di colpo.

# 8.

Ho vinto il premio della Cassa di risparmio di Genova e Imperia. Sono arrivata prima con un tema che aveva per titolo, più o meno: Se di colpo ti trovassi per le mani un mucchio di soldi, mettiamo un milione di lire, cosa ne faresti?

Io quel tema non l'avevo capito che lo stavo facendo per un concorso, una specie di gara dove si poteva vincere qualcosa, io sono distratta a scuola, e quando gli altri parlano, non sempre li capisco. Così per me quella era una mattina come un'altra, un tema come un altro. Ci stava la scuola, i banchi, la maestra, i quaderni e i libri. Ci stavano i compagni, Gaggero Marco, Rinaldi Patrizia, eccetera, e ci stavo io sempre un po' stonata, fuori fase, col naso che colava per il raffreddore e se mi ero scordata il fazzoletto, come capitava sempre, me lo pulivo sulla manica del grembiule nero che alla fine della mattina ci aveva tutte delle strisce argentate. Comunque, ogni volta che ci sta da fare un tema, io mi ci butto, mi viene facile, la maestra spara il titolo e io ci penso su un mezzo momento e poi parto e mi lancio a raccontare dei fatti che mi sono successi, delle pensate, delle avventure che mi immagino di vivere. Mi tuffo in questo mondo fatto di quaderni a righe e penne e immaginazione e ci sto alla grande. I compagni spesso non partono per niente, restano col naso per aria e la penna in bocca a guardare e riguardare il soffitto e il titolo scritto sulla lavagna. Spesso la maestra li rimprovera questi asini dicendo: Guardate che il tema non è scritto sul soffitto.

Io come dicevo anche se nella vita mi sento sempre strampalata, davanti a un foglio e a una penna mi sento bene. Così anche questa mattina che ci sta il tema per la giornata del risparmio mi lancio. Ecco, allora se avessi questo milione che ci farei, prima di tutto ci compro dei bei vestiti a mamma, e anche cose buone da mangiare, poi le do degli altri soldi così la tiro fuori da quel bar dove deve andare a lavorare quando Renato non guadagna soldi. Poi a mio padre ci regalerei una bella macchina nuova da corsa che lui è un vero pilota e sa andare in auto sfrecciando velocissimo nel vento, è la sua passione. Poi mi comprerei pure qualcosa per me, adesso non mi viene in mente cosa, ma poi la troverei. A questo punto mentre scrivo capisco che per fare bella figura devo dire qualcosa sulla bontà e così aggiungo anche: poi costruirei degli ospedali per tutti i bambini poveri, e darei delle palanche anche a tutti gli abitanti del nostro quartiere che sgobbano e faticano a mettere insieme il pranzo con la cena, passerei come un gran nababbo e direi: Voi che siete dei poveracci e avete già penato tanto per venire dal Sud Italia abbandonando le vostre famiglie e i vostri paesi, voi, poveri meridionali, sono finite le vostre tribolazioni! Perché ci sto qua io! Che ho vinto non so come un pozzo di soldi e ora vi elargisco a tutti dei bellissimi regali. Prendete cari amici meridionali.

La maestra mi ricordo che legge subito il tema appena lo consegno, anche perché pure se faccio un sacco di errori di grammatica e tutto quanto, io sono una scheggia a riempire tutti i fogli protocollo, e ne riempio pure il doppio di quello che ci chiede, certe volte. Lei legge tutto e la vedo diventare rossa in faccia come un pomodoro. Mi dice: Ma Rossana, ma che cosa hai scritto? Cos'è questa storia dei meridionali?

Eh, questo è, maestra, dico io, questa è la vera realtà dei fatti!

Be', a me non sembra uno svolgimento appropriato, dice lei, io non lo manderei al concorso della Cassa di Risparmio.

Io sento subito che mi prende una furia dentro, dico: Come no! perché no! è il mio tema!

Lei continua a guardare i fogli riempiti dalla mia calligrafia larga e calcata e stringe le labbra.

Io dico: Maestra, se non manda il mio tema lo dico a mio padre, che fa il carabiniere!

Va bene, vai a posto mi dice lei.

Mio padre già è stato buttato fuori dall'arma dei carabinieri, ma io conto sul fatto che forse questa maestra che spegne sempre tutti gli entusiasmi non è venuta a saperlo. Un mese dopo la bidella bussa alla porta, dice: C'è un signore per il premio della Cassa di Risparmio.

Silenzio totale.

Un tipo magretto e spilungone, con un paio di baffi e una giacca di pelle marrone si fa avanti, dice il mio nome. La maestra dice: Rossana, alzati in piedi. Io mi alzo in piedi, penso: e mò che altro guaio ho combinato?

Il tipo coi baffi mi annuncia che sono la vincitrice del primo premio per il tema sulla giornata del risparmio.

Io ci metto un bel po' a capire che sta succedendo. Un premio, mai avuto in vita mia. Dalla Cassa di risparmio, poi, noi che non abbiamo mài risparmi né niente.

E invece sì, lo spilungone mi consegna un piccolo salvadanaio con stampate sopra delle mille lire, un foglio dove dice che sono una vincitrice di concorsi e una busta con una lettera che dice che devo recarmi in banca perché mi aprono un libretto di risparmio con tipo centomila lire sopra.

Io ci resto secca. A volte la vita è davvero bizzarra, e quando meno te lo aspetti, quando ti aspetti che pure le pecore ti tirano dei calci in bocca, come dice la vicina di casa signora Assuntina, ecco che ti fa un regalo!

# 9.

«Ho visto ciò che forse nessuno scrittore dovrebbe mai vedere: il luogo dell'inconscio dal quale provengono tutti i miei romanzi», scrive Martin Amis nel suo libro di memorie *Experience*, cominciato dopo la morte del padre, lo scrittore Kingsley Amis. Questa cosa, una parte di me l'ha sempre saputa, da dove vengono i miei romanzi, da dove spuntano fuori i miei personaggi pazzi e marginali, ma non ho mai voluto soffermarmi troppo a lungo a riflettere sulla questione. A volte mi sfiorava l'idea che senza Renato, senza avere avuto il padre che ho avuto, non avrei scritto. Mi sono chiesta se da bambina avessi desiderato un altro padre, uno normale, uno di quelli che era toccato alla maggior parte delle mie amichette e compagni di scuola. Uno con un lavoro ordinario, una maniera qualunque di stare al mondo, equilibrata, un padre taciturno come erano molti padri delle mie amiche, che ricordo tutti silenziosi, un po' goffi e più autorevoli delle madri, più solidi delle loro mogli.

Una volta, forse una decina di anni fa, quando Renato aveva avuto una brutta polmonite, mi ero scoperta a pensare: ora se lui se ne va, non scriverò mai più una riga. È finita. Questo pensiero mi aveva sconvolto.

In una libreria specializzata in testi di psicanalisi di rue Monge avevo trovato diversi volumi di uno psicanalista che aveva studiato la creatività e la pazzia di alcuni scrittori, aveva scritto su Dostoevskij, su Kafka, su Virginia Woolf e altri. Li avevo comprati e mi ero messa a leggere questi complicati saggi con l'impressione che quest'uomo a volte guardasse diritto e senza paura dentro le vite di questi artisti. Altre volte però mi pareva che no, non riusciva a sentire le cose come stavano, non ce la faceva, e si metteva a elucubrare. Però una cosa mi sembrava evidente, se questo strizzacervelli era entrato nelle menti di gente così tormentata, brillante e bizzarra, forse avrebbe capito qualcosa anche della mia testa. Magari non manifestavo segni di follia e disperazione così acuta come questi geni letterari, ma a dire il vero mi sentivo una specie di loro sorellina minore, meno complicata forse, e meno geniale, ma insomma, eravamo della stessa famiglia, la famiglia di quelli che non sanno stare al mondo in maniera semplice, lieta. Quelli che ogni cosa può diventare una catastrofe.

Così avevo cercato il numero di telefono di questo dottor D. e lo avevo chiamato. Ero un po' agitata, avevo pensato che essendo uno psicanalista piuttosto famoso prendesse un sacco di soldi a seduta e mi ero immaginata una figura di merda quando, sistemata di fronte a lui, avrei dovuto dire che mi sarebbe piaciuto diventare una sua paziente, ma non avevo i soldi per pagarlo. E così la via verso la normalità e la salute mentale mi sarebbe sfuggita ancora una volta.

Comunque, avevo avuto un primo appuntamento, mi ero fatta coraggio ed ero andata a incontrare questo dottor D. che mi aspettavo molto grande, alto, bruno e imponente, me lo immaginavo simile all'attore Vittorio Gassman, non so perché. Invece il dottor D. era un uomo mingherlino, con una corona di capelli grigi che gli fasciavano la testa pelata, uno sguardo vivace che mi era sembrato ironico, da furbetto, avevo pensato. Indossava un vestito grigio chiaro, vecchio stile, anni Settanta, mi aveva stretto la mano e mi aveva guidato attraverso un paio di stanze del suo appartamento disordinato, con le pareti occupate quasi interamente da librerie piene di libri, e poi tavoli e tavolini ingombri di riviste, cartelle, fotocopie, cataloghi d'arte, fax, telefoni, portaceneri pieni di mozziconi, e alcuni quadri molto diversi fra loro, un miscuglio che comprendeva tele astratte e paesaggi tradizionali.

Ci eravamo seduti uno di fronte all'altra, su due poltroncine, e gli avevo detto: Dottore, sono qui perché mi sento fuori posto nel mondo.

Ah bon, aveva detto lui, e aveva accennato un sorriso, da furbetto, avevo pensato di nuovo, ma anche non privo di vera curiosità e di un qualche calore umano.

E come mai ha scelto di venire da me? aveva chiesto.

Oh, semplice, ho visto che lei ha scritto su celebri scrittori fuori di testa, come Dostoevskij e Virginia Woolf, e così mi sono detta: se è entrato nella testa di questi, ci potrebbe capire qualcosa anche della mia. Sono anch'io una scrittrice, anche se non sono al livello di questi grandi geni della letteratura mondiale!

Ah ah ah, era scoppiato a ridere questo dottor D., e mi era piaciuto di colpo, mi ero sentita accettata, così, su due piedi.

Poi aveva detto: Bene, ma lei cosa fa di così strano, cosa giudica così inaccettabile e bizzarro delle sue azioni e dei suoi pensieri?

Oh, ecco, a dire la verità, non lo so bene, insomma, non faccio niente di male, niente che danneggi nessuno, almeno credo, penso di non danneggiare nessuno, tranne forse me stessa. Ecco, quando mio padre è stato molto male, per una polmonite, ho pensato che se lui fosse morto, non avrei più scritto una riga, e di colpo, pensandomi senza scrivere, mi sono sentita come sperduta, come una bambina persa nell'universo, senza un posto dove rifugiarmi, ho sentito, di colpo che, fuori dai libri, non era previsto un posto per me nel mondo, per quella che sono, per come sento le cose, per come penso alla vita, per quello che ho dentro. Non c'era un posto nell'universo dove potessi vivere.

Mmhhh, aveva detto il dottor D., poi si era alzato dalla sua poltroncina di scatto, con un movimento che mi era sembrato assai agile per la sua età, era andato verso la libreria e aveva estratto un volume, me l'aveva mostrato, si trattava della vecchia Virginia Woolf. *Moments of being*, aveva detto il doc, pronunciando l'inglese con un fortissimo accento francese. Mi era venuto in mente che avevo passato anni della mia vita completamente innamorata di Virginia, avevo letto tutto quello che esisteva di suo, avevo anche ritagliato da un volume e incorniciato una sua foto che la ritraeva ragazza, una famosa foto di profilo coi capelli raccolti sulla nuca, eravamo simili. Mi tiravo i capelli indietro, mi mettevo di profilo e cercavo di guardarmi allo specchio, trovavo una somiglianza, fra me e questa aristocratica ragazza inglese.

Lo psicanalista francese mi stava leggendo qualche passaggio che mi pareva di riconoscere, si trattava del primo ricordo a cui Virginia riesce a risalire in questo suo libro di memorie: *Se la vita ha una base su cui poggia, se è una sorta di tazza in cui mettiamo delle cose, allora la mia tazza senza dubbio poggia su questo ricordo…*

Lo psy va avanti nella sua lettura, cerca qualcosa, accelera e scivola veloce di un paio di pagine, poi forse trova quello che sta cercando, legge: *Anche perché non andai mai a scuola, non dovetti mai competere con bambini della mia età, non ebbi mai modo di mettere a confronto con quelli degli altri le mie doti e i miei difetti.*

C'est très beau! Aveva esclamato chiudendo il libro e abbandonandolo in bilico su una pila di altri libri e riviste accumulati su un tavolino.

Oui, c'est beau, avevo detto io, confidandogli anche del mio amore per Virginia Woolf negli anni della mia giovinezza.

Oui, c'est normal, c'est passionnant, Virginia Woolf! Aveva commentato lui.

Sì, ok, ho detto, e forse stavo pensando che ero venuta qui per parlare di me, però, non della cara Virginia.

Lui forse aveva intuito quello che stavo pensando e mi aveva detto: Lei deve capire, Roxane, che chi nasce con una certa sensibilità, artistica o no, deve assumere il suo destino. Quello che siamo, la materia di cui sono fatte le nostre vite, il faut assumer!

...

Lei è fortunata! Si ritenga fortunata! È fra i privilegiati dell'umanità, perché non è mai diventata adulta. Lei è rimasta fedele al suo sogno di bambina, lei non si è integrata ai bisogni e alle richieste della società, al pensiero comune. Dunque, è ancora viva!

Io? avevo detto.

Lei vorrebbe iniziare un'analisi? È sicura? Perché io credo che gli artisti non hanno bisogno di analisi, gli artisti trovano il loro modo di curarsi, attraverso le loro opere, la loro arte!

È sicuro?

Ah, oui, absolument! Anche Freud, a un certo punto, dice una cosa del genere.

Ok, avevo detto io.

Che ne pensa? aveva chiesto.

Be', mi piace quello che dice, anche se credo che continuerò a sentirmi un extraterrestre per il resto dei miei giorni.

Va bene, lo assuma! Assuma questa parte che si sente déracinée, sradicata, disadattata, la porterà molto lontano!

Ero rimasta lì un po' incerta su cosa pensare, avevo valutato in pochi secondi diverse ipotesi, mi ero detta che questo psy non capiva un cavolo, oppure che non mi voleva tra i piedi perché aveva capito subito con chi aveva a che fare, che sarei stata una perdita di tempo per lui, un caso non molto intrigante, banale forse, l'italiana, la terrona che pensa di assomigliare a un vecchio ritratto di Virginia Woolf. Oh Cristo.

Avevo detto: D'accordo, ma secondo lei ci potremmo rivedere qualche volta, per scambiare quattro chiacchiere, per parlare di un po' di cose?

Sì, senz'altro, aveva risposto lui, ma un'analisi io gliela sconsiglio, francamente!

Va bene, avevo detto, avvertendo la sensazione micidiale di essere rifiutata e abbandonata anche da questo tipo. Avevo aggiunto: Senta dottore, venendo qui, mi chiedevo se lei è molto costoso, se una terapia con lei mi sarebbe costata troppo.

Ah, dunque lei crede che il prezzo da pagare per ricevere ascolto sia troppo alto?

Oh, avevo detto, e mi si era stretta la gola.

Be', io seguo la regola che vengo pagato in base alle possibilità economiche dei miei pazienti.

Va bene, ho detto, ho guardato l'ora, avevamo parlato per cinquanta minuti esatti, mi ero alzata in piedi e mi ero diretta verso la porta. Lui mi aveva seguita, mi aveva stretto la mano e aveva ripetuto di chiamarlo se volevo rivederlo.

Avevo detto che lo avrei richiamato senz'altro, ma non l'ho mai più sentito, il dottor D. Un paio di anni fa ho letto su *Le Monde* un articolo che parlava della sua morte.

# 10.

È una giornata invernale, sono alle elementari, mamma mi ha vestito per bene, mi ha messo il cappottino buono che ha cucito lei, un cappellino con la pelliccetta sintetica bianca che si allaccia sotto la gola e siamo partite. Mi dice: Rossà, dobbiamo andare a parlare di una cosa importante con una persona, fai la brava, non dire niente fai parlare solo a mamma.

Va bene, dico io.

Prendiamo l'autobus e scendiamo alla prima fermata di Savona, quella davanti alla Torretta, entriamo al supermercato Upim e sono piuttosto contenta, va a finire che ci esce un regalino, o che facciamo una grande spesa. Però aveva detto che andavamo a parlare con qualcuno, non che andavamo a fare la spesa. Entriamo e mamma mi stringe la mano, mi fa quasi male, stringe forte, mi trascina lungo tutto il grande magazzino ed entriamo in una stanza. Bussiamo e un uomo alto, magro, con pochi capelli ci apre la porta, non sorride né niente, ci dice di sederci e mi chiedo chi caspita è, poi piano piano comincia a parlare con mia madre e capisco di che si tratta, nessuno me lo spiega bene ma dato che sono una bambina sveglia lo capisco da me cos'è successo, papà è rimasto senza soldi e per comprare delle cose da mangiare ha rubato al supermercato e lo hanno beccato, non capisco se lo vogliono mandare in galera o cosa, non capisco bene, ma sento mia madre che con grande abilità attacca un pistolotto incredibile e fa tutto un caso clinico e sociale di mio padre. Dice che non è cattivo, che è un buon uomo, è solo molto giù di corda perché lo hanno radiato dai caramba, che era un valido carabiniere, che ha salvato delle persone durante la famosa alluvione di Genova, che ha perfino fatto partorire una donna che era rimasta bloccata dall'alluvione, lui da solo e un suo collega giovanissimo l'hanno fatta partorire, che ha ricevuto una medaglia d'oro al valore per questo.

Ma scusi, signora, se era così valido perché lo hanno cacciato dall'arma dei carabinieri?

Perché? ripete lei e mi lancia un'occhiata come per avere un suggerimento da me. Poi torna a guardare l'uomo e fa: Perché il mondo è pieno di ingiustizie!

Be'...

Perché mio marito è sempre stato un uomo sincero, uno che non sapeva leccare le scarpe e arruffianarsi ai superiori!

Parla e parla, ha una voce dolce e però anche fiera, dignitosa, mi ha portata lì con lei per far vedere che ci sono anch'io, che sono piccola e che sarebbe un trauma per me vedere mio padre finire in galera...

Usciamo con una certa contentezza, Concetta ha ottenuto quello che voleva, il grande magazzino ha detto che ritira la denuncia, Renato può tirare un sospiro di sollievo. Siamo contente, allora dico: Festeggiamo allora ma'?

Non c'è niente da festeggiare Rossanina, mi dice lei.

Mi dicono che era come se non volessi venire al mondo, mi dicono che sono nata tutta storta, facendo fare una gran fatica a mia madre, mi dicono che ero tutta girata dalla parte sbagliata e che avevo il cordone ombelicale intorno alla gola e intorno a un braccio, e che ero podalica, la posizione podalica è un segno del mio modo sgarbato di venire al mondo, del mio essere maldestra da subito. Sono partita così.

Mi dicono anche che sono nata molto pelosina e che assomiglio a nonna Regina, la nonna zingara, mi dicono che non stavo ferma un momento che appena uno si girava non mi trovava più, mi dicono che ogni scusa era buona per mettermi in pericolo. Se c'era una finestra aperta trascinavo una sedia e ci salivo sopra. Se c'era una presa di corrente ci ficcavo le dita, le forcine, gli spilli. Se c'era un pentola d'acqua bollente sul fornello mi ci aggrappavo subito.

Se mi chiedono quanti anni hai, o come ti chiami, oppure ti piace andare a scuola io non rispondo, non mi piacciono le domande, non mi piacciono le persone quando si vogliono fare i fatti miei. Spesso, sono preoccupata, ho paura che mia madre scappa via di casa. È successo alla madre della Gabri che faceva la cameriera alla trattoria di Gino e un bel giorno è sparita, scappata via dietro a un ragazzo, un camionista coi riccioli biondi e lo stuzzicandenti in bocca, lei ha preso ed è scappata via, ha lasciato solo un biglietto dove chiedeva di essere perdonata. La Gabri un pomeriggio mi fa vedere questo famoso biglietto che è scritto con una calligrafia da bambini ed è pieno di errori. La Gabri è rimasta con la nonna e si è messa a mangiare e mangia mangia è diventata obesa povera Gabri, altroché. Concetta quando si incazza dice che le diamo moltissime tribolazioni, e poi minaccia di lasciarci, minaccia di andarsene via anche lei come la madre della Gabri. In questo periodo ci sono parecchi giovani beat che lasciano le case la scuola il rifugio sicuro per andare a cercare la bella vita in giro, con l'autostop, i blujeans e il sacco in spalla e mia madre ce la vedo ad andare in giro così con le sue minigonne di camoscio le gambe al vento e tutta scollata perché le piace questo fatto di mostrare che è ben fatta. Anche quando mi lascia che va a lavorare in un bar, io sento come se non ho più un posto dove mettermi tranquilla. A volte comincio a fare dei disegni per far passare il tempo, non è male far andare le matite colorate sui fogli e poi così ho un progetto, che tutto questo glielo mostrerò quando torna a casa. Sempre ammesso che torna. Mentre faccio i disegni mi sento bene, quella roba che mi prende la gola ogni tanto, che mi fa venire il mal di pancia, sparisce, va via.

Il giorno che mi vogliono portare all'asilo mi rifiuto, come mi rifiuto poi in seguito di restare con la Mariapia quando lei mi lascia la sera per andare a fare le lezioni di scuola guida. Piango e faccio il diavolo a quattro, spacco delle tazzine e tiro giù i vestiti dall'armadio. Così ottengo di andarci anch'io alle sue lezioni di scuola guida, seduta dietro, con lei nervosa che si agita subito, che non è molto portata per guidare l'auto, che l'istruttore poi approfitta subito per toccarle le ginocchia abbronzate, oppure le gambe avvolte nei lucidi collant. L'istruttore è un porco, io vorrei impedirle di prendere altre lezioni di guida.

# 11.

Papà ha perso un'altra volta il lavoro, è di nuovo disoccupato e mamma cuce i vestiti e le tende e fa i ricami per la biancheria dei signori Ferrari. Vedo mamma che punto dopo punto, un'ora dietro l'altra, un giorno dopo l'altro passa il tempo a cucire e ricamare le iniziali sulle sottovesti e le camicie di quegli odiosi coi soldi e mi viene un grande rimescolamento dentro. Anche Renato si sfastidisce assai che sua moglie è costretta a ricamare per quegli strunzemmerda!

Io dico: Ma', ma perché 'sti strunz non se le cuciono loro da soli le iniziali sulle cacchio di camicie?! Ma poi, che bisogno c'è di metterci le iniziali, dico io, hanno paura che non se li riconoscono i loro vestiti?

Eh, brava, sì, sei brava a parlare, siete proprio bravi tutti e due, tu e tuo padre, però se io non mi cavo gli occhi a cucire per questi signori, poi, quando ci sediamo a tavola, che cazzo ci metto nei piatti, eh?

Eeeehhhh… vabbè, sempre a farla tragica Concè! dice papà, rilassati, fatti un bicchiere, va'.

Sì, e poi chi è che deve andare dal padrone di casa e pregarlo gentilmente se può aspettare ancora una settimana, ancora un mese per l'affitto? Eh? Chi ci va a fare le figure di merda?

Oooohhhh...! Sempre a farla tragica! dico io imitando Renato.

La verità però è che non mi piace vedere mamma senza trucco e coi capelli che non stanno belli moderni e stilosi perché non ci abbiamo più i soldi per andare dalla pettinatrice Nilde. Non mi piace quando loro due invece che andarsene spensierati a ballare e a sentire i cantanti celebri devono starsene in casa e lei deve cucire e cucire e cucire.

Renato però, lui lo stesso non ha perso la sua abitudine di saltare sull'auto e andarsene a scorazzare in giro per i fatti suoi. A me piacerebbe seguirlo ma quando mamma è incazzata mi dice che non ho il permesso di andare con lui, che tanto mi porta solo per bettole dove ci stanno i suoi compari debosciati, le zoccole e compagnia bella.

Un giorno dico a mia madre: Ma', ma perché non fai pure tu la zoccola?

Non so bene perché mi è uscita quella frase, non sono in grado di spiegarle che non intendevo dirle di diventare una prostituta. Forse, nella mia testa di bambina intendevo spingerla a stare solo un po' più tranquilla, a fare come Renato, che non perdeva il sorriso, non perdeva la voglia di fare la festa anche nei periodi che non ci avevamo più una lira. Lui continuava a essere vivo. Lei si angosciava e si intristiva.

Mia madre mi ha guardato con uno sguardo amaro, uno sguardo che ci allontanava di colpo, che ci rendeva due nemiche. Era uno sguardo fatto di odio e sconfitta. Aveva detto: Io non lo so che ti passa per la testa, io non lo so se sei veramente figlia a me, io non capisco proprio come ragioni!

Io mi sono stretta nelle spalle, ferita a morte, ho fatto però finta di niente, ho ricacciato dentro le lacrime che cominciano a venire su.

Lei ha detto ancora, riprendendo a cucire: Tu, sei tale e quale a lui! uguali, egoisti e menefreghisti. Se il mondo vi cade addosso, vi spostate più in là.

Una domenica, io e lei stiamo camminando per le vie di Savona. Ci siamo messe in giro dalla mattina, anche se i negozi sono chiusi, tutto è fermo e ha un'aria sonnolenta. Io volevo dormire, che mi piace un sacco, e però ma' mi ha svegliata e mi ha detto che oggi ce ne andavamo a spasso. Fa pure freddo, siamo a ottobre o novembre e non è una bella giornata per andarcene a zonzo. Il fatto è che l'ho capito, lei vuole sfuggire a Renato. Lui è in uno dei suoi periodi tosti di brutto e ci ha le sbronze cattive, quando è così lei rischia di prenderle, rischia le botte, e allora dobbiamo stare in giro, dobbiamo stare più tempo possibile lontane da casa, perché lui è in giro da giorni e quando torna le cose si mettono male. Io vorrei fare delle domande, chiedere dov'è Renato, e quando torna a casa e perché non si fa vivo da tre giorni, però lo capisco subito dalle occhiate che mi lancia Concetta che è meglio se mi mangio la lingua. Non mi piace per niente quando andiamo in giro così come due disgraziate, quando ci fermiamo sulle panchine dei giardinetti o ci sediamo dentro a un bar a prendere un caffè per lei e una gazzosa per me. Non mi piace per niente e io vorrei sapere chi mi ridarà indietro la mia vita di prima, di quando avevo una padre e una madre che andavano d'accordo, che ridevano e ballavano e mi dicevano di andare a prendermi un gelato perché io lo capivo che avevano voglia di fare i loro porci comodi. Io chiedo a mamma: Mamma, ma noi, prima, eravamo gente civile o siamo sempre stati beduini?

Lei mi guarda subito scazzata, ho capito di aver detto un'altra cosa che non dovevo dire. Ora mi aspetto che mi odia di nuovo e mi insulta. Però questa volta non va così. Con questa madre, ogni volta che dico qualcosa non so mai cosa succederà. Vedo che di colpo si mette a piangere. Continuiamo a camminare, lei mi tiene per mano e camminiamo in silenzio, non risponde alla mia domanda. Vedo che le scendono delle lacrime sulla faccia e lei cerca di mandarle via appena quelle scendono giù. Ma più le manda via e più ne arrivano. Non ci sa fare mia madre a scacciare le lacrime. Mi dice: Non è niente, Rossanina, non è niente.

A questo punto mi viene da piangere pure a me. Ma lei dice: Non piangere, non piangere che sennò attacco a piangere ancora di più.

E allora io ubbidisco, ricaccio indietro le mie lacrime, ancora una volta.

Lei dice: Senti, ho un'idea! Ce la andiamo a mangiare una bella pizza?

Sì! dico io.

Andiamo da Nicola! Propone lei scacciando un paio di ultimi fetenti lacrimoni che le hanno fatto pure colare il trucco.

Arriviamo alla pizzeria da Nicola che tiene scritto nell'insegna: Da Nicola, una pizza ti consola, e prima di entrare lei si pulisce gli occhi con lo sputo e poi si china verso di me e mi fa: Guardami un po', si vede che ho pianto, sembro un cesso? Sembro 'na strega?

Io dico, Ma no, vai benissimo, ma'! Hai stile!

Così entriamo e ci mangiamo una bella pizza margherita ciascuna e io prendo pure un gelatino alla fine. Il proprietario dice delle frasi gentili e viscide a mia madre, è un porco come tutti quanti i maschi, che agiscono sempre così, sfrontati, quando andiamo in giro e non c'è Renato con noi pronto ad appiccicarsi e mollare quattro ceffoni a tutti.

Quando usciamo, dopo che Concetta ha pagato il conto e ha salutato con un sorriso, mi riprende per mano e sento che me la stringe forte, ma la sensazione è strana perché mi pare che non la stringe come una madre che stringe la figlia per darle sicurezza. Mi pare che è piuttosto lei la bambina che sta cercando la mano di sua madre o di suo padre. Mi sembra che trema pure un poco. Io sono sicura che è triste per colpa di Renato e per questo la voglio proteggere, e a Renato non ci voglio più bene, per niente al mondo, anzi vorrei che scomparisse dalla faccia della terra questo strunz di padre che ho. Lui e tutta la razzaccia sua, che fanno avvelenare sempre a mia madre.

# 12.

Mi viene come un'ansia in questi giorni, di non avere abbastanza tempo, o tranquillità o forza o talento per scrivere questo libro, per portarlo fino in fondo. Ho paura di non farcela, mi sveglio presto, mi metto la sveglia alle sette, sette e mezzo, e poi resto una mezz'ora nel letto stordita, non riesco ad alzarmi, cerco di ricordare i sogni che ho appena fatto, i sogni di questi giorni mi sembrano importanti, penso che mi possano portare dei messaggi da parte di Renato, qualcosa che mi chiarirà per sempre i segreti della vita e della morte.

La cosa che sto cercando di fare in questi giorni, da quando papà non c'è più, è provare a vedere le cose sotto una nuova luce. Non vedermi più solo come la figlia di due genitori sballati che le hanno fatto mancare un mucchio di cose. Quello che mi sta succedendo è che mi scopro a vedere sempre di più Renato e Concetta e la loro storia e le loro vite da un altro punto di vista. Rifletto sul fatto che sono nati negli anni '30, in condizioni molto dure. Mi dico che a un certo punto diventa vitale smettere di essere soltanto la bambina incazzata col mondo, o la ragazzina che ha subito questo o quel torto, e che diventa interessante provare a sentire la vita di mio padre e mia madre al di là del fatto che sono stati mio padre e mia madre. È un cambiamento di prospettiva, e trasforma tutto.

Comincio a pensare a quello che loro due hanno patito, comincio a fare i conti col fatto che sono nati nel 1935 e nel 1932, nel Sud Italia, da due famiglie povere e senza mezzi, senza cultura, senza niente. Ho cominciato a immaginare mia madre bambina, i pochi ricordi della sua infanzia che a volte mi raccontava, il Molise durante la guerra, i bombardamenti, il padre arrestato dai tedeschi per un caso di omonimia, il freddo, la fame, le malattie. Nella maggior parte dei suoi ricordi c'era la fame, e i geloni sulle mani e sui piedi per il freddo, e le botte prese da sua madre. I pochi anni di scuola che è riuscita a fare, e un particolare che mi ha sempre sconvolta, mia madre per andare a scuola attraversava mezza città a piedi, con la neve, il gelo, gli zoccoletti di legno, e spesso doveva portarsi da casa una seggiolina per sedersi, e i bambini dovevano racimolare qualche pezzetto di legno se volevano riscaldarsi in classe.

Allora se confronto la bambina Concetta venuta su coi geloni a mani e piedi, lo stomaco vuoto e una polmonite di cui (non capivo perché) si vergognava da morire, se la confronto con la ragazza, e poi la giovane donna che ho conosciuto io negli anni '60, una bella donna, simpatica, spigliata, pronta alla battuta ma anche a sistemare con frasi dure qualcuno che aveva da ridire, allora ecco se ripenso a loro due io sono stupita di quello che sono riusciti comunque a fare, dell'energia che avevano tutti e due, di come sono riusciti Renato e Concetta a tirarsi fuori dal loro passato fatto di bombardamenti e fame e miseria assoluta, di mancanza di amore e di cura, e di come si sono incontrati e innamorati, in un modo tutto loro, e hanno poi subito deciso di mettermi al mondo, e io sono nata poco più di un anno dopo il loro matrimonio (8 luglio 1962) e dalle foto che ho trovato ho sentito anche che sono stata accolta con allegria, e amata e festeggiata. C'è una foto che sono andata a rivedere a casa di mia madre, Concetta che mi ha appena partorito nel lettone, stanca ma bella, e Renato felice che ride, e mi toccano e mi abbracciano tutti e due, sono circondata da quattro braccia e quattro mani, e le loro facce dicono all'obbiettivo: è nostra, è nostra figlia e l'abbiamo fatta noi!

Dunque l'incontro. Siamo nel 1957, Renato fa la scuola ufficiali carabinieri a Roma, qui incontra zio Gennaro, fratello di mamma, anche lui si sta preparando al mestiere di carabiniere, diventano subito grandi amici, amici per la pelle, e questo fatto mi ha sempre assai stupito: zio Gennaro è un uomo serio, di poche parole, un uomo dolce, paziente, educato da un padre molto severo qual era nonno Leonardo. Renato era già Renato, un casinaro, uno schizzato che già non si sottomette alla disciplina dell'arma, appena può scappa, prende congedi per finte malattie, rientra tardi, si perde dietro a signorine più o meno allegre, come le chiama lui, lo schiaffano in punizione, minacciano l'espulsione. Gennaro e Renato legano bene, come a volte succede fra persone diverse, organizzano delle uscite a quattro con delle ragazze, fanno delle foto insieme davanti ai luoghi celebri di Roma, una foto sull'Appia antica, altre davanti alla fontana di Trevi, a piazza Navona, a Campo de' Fiori abbracciati stretti per le spalle, sotto lo sguardo severo della statua di Giordano Bruno.

Gennaro durante le vacanze di pasqua invita Renato a Campobasso, vuole presentare l'amico alla sua famiglia.

Concetta va alla stazione ad aspettare il fratello che torna da Roma, si mette in ghingheri, le piace vestirsi bene, se la cava molto bene col cucito, fa la sarta insieme alla madre e alla cugina Carmelina, cuciono ricami per le doti delle future spose, ricamano lenzuola, federe, asciugamani, e poi lei è brava a cucire gonne e giacche femminili, vestiti e camicette, s'inventa pure curiosi cappellini da donna che prende dalle riviste di moda. Quel giorno alla stazione indossa una gonna attillata, con lo spacco dietro e stretta sul culo, lunga appena sotto il ginocchio, forse ha preso il modello da qualche film americano di quegli anni, forse un film con Lauren Bacall, o Rita Hayworth o Doris Day. Ha una camicetta chiara e un giacchino bordò sulle spalle, i capelli lisci, appena un po' cotonati con la riga da un lato. Mentre il treno si avvicina alla stazione Gennaro e Renato sono già affacciati al finestrino, come molti altri viaggiatori. Concetta appena intravede il fratello smuove la mano, sorride, e Renato resta folgorato.

Azz, Genna', vedi che bella ragazza ci sta là, madoooo quella mi sa che è 'na zoccola di prima categoria! Però è proprio bellissima!

Ma chi? Ma che stai a dire Renato?

Quella, quella co' la giacca bordò e la camicetta chiara co' tutte quelle tette e quel bufaiotto!

Ma Rena', ma che stai a dire, quella è Concettina, è mia sorella! E sta tutto il giorno in casa a cucire con mamma!

Aaaazzzz!

Scendono dal treno, vengono fatte le presentazioni, Concetta dirà poi che trovava curioso che Gennaro avesse portato a casa quel tipo, uno tutto matto, da cui stare alla larga, lei lo aveva capito subito.

Renato mi diceva, quando ero bambina: Eh! io appena ho visto a tua madre alla stazione ho pensato: Ecco 'o cazz! È lei! Ecco quella che sarà mia moglie e la madre dei miei figli!

Mi sono spesso chiesta come abbia fatto un tipo così sbandato e autodistruttivo, come abbia potuto sentire subito con chiarezza i suoi sentimenti, le emozioni che Concetta gli suscitava, come ha sentito che si stava innamorando e che non avrebbe mollato l'osso. E come abbia fatto poi a salvare per tutta la sua vita questo sentimento, come sia riuscito a preservare dalla distruzione questo amore, che ha continuato a esistere attraversando gli anni, le litigate, le notti alcoliche, le malattie e gli incidenti.

Me li immagino giovani, lei ventitré e lui venticinque anni, mia madre bella e scontrosa, incazzosa, col padre ferroviere, severo, la madre che la controlla stretta, lui bizzarro, già con ulcere allo stomaco e malanni vari, senza una lira, un bagaglio di lutti e traumi e i denti messi male. Cosa gli aveva dato la fiducia di poterla conquistare? Cosa gli aveva fatto sperare o anche solo immaginare che quella bella ragazza si sarebbe messa con lui, lo avrebbe sposato e seguito in giro per l'Italia nel suo mestiere di carabiniere? Mistero.

Insomma com'è andata? Cos'è successo allora? Avevo chiesto ai miei una volta che ero andata a trovarli, una decina di anni fa. Stavamo pranzando in cucina e dalla finestra entrava un bel sole primaverile, e loro due si alternavano a raccontare, papà aveva detto: Eh! è successo che siamo andati a pranzo da nonna Filomena e nonno Leonardo, e questi mangiavano in silenzio, seri seri, sai com'era fatto nonno Leonardo, non gli piaceva parlare mentre si pranzava, e io non avevo fame, mi si era chiuso completamente lo stomaco, continuavo a fissare Concettina e mi dicevo: Tu sarai mia! Tu dovrai essere mia e di nessuno altro!

E tu ma'? che pensavi?

Ma che pensavo! Niente, io ci avevo diversi spasimanti sai, ci avevo il figlio dell'orefice Colavita, il figlio del farmacista Palumbo e pure Pierino Lombardi, il calciatore! Giocava nella squadra di calcio ed era innamorato cotto! Eh, ci avevo un bel corpicino e un bel viso e mi vestivo pure bene sai, mi facevo certe camicette, certe gonne che mi valorizzavano molto, e figurati se mi cacavo a questo qua, tutto mezzo malaticcio, che non mangiava nemmeno la pasta al sugo che avevamo preparato! A un certo punto sai che fa? Si è alzato in piedi e ha detto: me', Gennari', ma che è 'sto mortorio? Ma vogliamo festeggiare un po' o dobbiamo tirare fuori i fazzoletti e metterci a piangere? Ha tirato fuori un paio di dischi che aveva portato e dice: Ce l'avete un grammofono, un giradischi, qualche caspito per sentire un po' di swing?

Prende e va a piazzare un disco di bughi bughi e dice a mio padre: Con tutto il rispetto, Don Leona' permettete che inviti vostra figlia a ballare? Mi acchiappa e si mette a insegnarmi dei passi di bughi bughi!

E tuo padre che diceva?

Mio padre incacchiato nero, non ha aperto bocca, ha finito di mangiare, si è alzato e se n'è andato. Nonna stava agitatissima, tutta rossa in faccia, paonazza, non ci poteva credere che Gennaro avesse portato 'sto soggetto a casa, non si era mai visto uno che interrompe il pranzo, che si alza mentre stiamo ancora mangiando per mettere la musica e ballare!

E così?

Uh, un casino! Quando Renato è andato via, nonna ha detto a zio Gennaro: Non ti permettere mai più di portare una persona così incivile in questa casa, nu beduino! e tu, aveva detto rivolta a me, tu non ti permettere mai più di fare la smorfiosa, la zoccoletta a casa mia con uno accussi'!

E morta lì?

Finita così. Renato è sparito per due anni. Io però ero andata da una chiromante cugina di un'amica mia, questa aveva visto un uomo con la divisa nel mio futuro, un uomo che aveva perso la testa per me di brutto. E mi aveva detto: Concettì, tu quest'uomo farai di tutto per sfuggirgli, ma ricordati: per quanto possiamo fuggire lontano, il nostro destino ci inseguirà sempre.

La madonna! avevo detto io.

Sì è così, aveva detto mia madre, io ho cercato di liberarmi di lui per tutta la vita, ma me lo sono sempre ritrovato appiccicato al culo!

## 13.

Con mia madre, siamo in un bar, siamo in piedi al banco e lei sta bevendo un caffè o un aperitivo, beve qualcosa tira giù un paio di sorsi e sorride al barista, io la guardo, osservo i suoi gesti, gli occhi truccati con l'ombretto verde smeraldo, le labbra col rossetto rosa e un bel vestito verde che le fascia il sedere, la vita stretta e la pancia e sta parlando col barista che le fa qualche complimento. Lui sta dicendo qualcosa: Eh una bella signora come lei, so io cosa ci farei.

Io dico: Hai finito di scassarci il cazzo vecchio porco?

Mia madre mi dice: Uèè? ma chi te le impara queste volgarità!

Io dico: E a questo qua se non la finisce mò ci allungo due sganassoni che vede. Ci cambio i connotati!

Mia madre apre il borsellino e tira fuori i soldi per pagare il caffè o l'aperitivo, io non ho preso niente perché ho lo stomaco stretto da una tenaglia e mi scappa pure da fare un bisogno. Lei mi guarda con gli occhi a coltello, una brutta occhiata cattiva, mi dice, sottovoce: Mò a casa io e te facciamo i conti.

Per la strada mi prende per il polso e mi tira forte per allontanarci in fretta da lì, come se all'improvviso fosse scoppiato un incendio in quel bar.

Mi dice: Ma chi te le impara 'ste cose? chi cavolo te le impara queste cose?

Io dico: Me l'ha detto pure papà che potevo parlare male.

Ah! quel coglione di tuo padre!

Mi ha detto lui che potevo farlo. Che quando ci vuole ci vuole!

Tu e lui siete uguali, due teste di cavolo tali e quali. Che ho fatto io di male a Gesù Cristo!

Io sono fiera di essere come mio padre, anche se un po' ci sta e un po' non ci sta. Quando torna a casa è sempre una gran festa. Ogni tanto invece quando torna è peggio della seconda guerra mondiale, scoppiano le litigate furibonde. Quando mamma è allegra facciamo la festa e ci mangiamo i tortellini, o i ravioli o le lasagne al forno. Quando sta male mamma invece tira giù le tapparelle, si mette a letto, non vuole vedermi, non vuole vedere nessuno al mondo. Si prende vergogna di essere come siamo, si prende fastidio della nostra vita, di lei, di mio padre, del mondo intero e non vuole più vedere nessuno.

Io ce l'ho detto alla tipa che mi ha fatto l'interrogatorio a scuola. È venuta un giorno e la maestra mi ha detto che dovevo andare con lei che mi faceva delle domande dopo l'intervallo, che era una cosa per conoscermi. Perché poi la tipa voleva conoscere solo a me nella mia classe di asini e animali non l'ho capito. Però sono andata. Mi ha detto: Come ci stai in casa tua?

In casa mia? E come ci devo stare?! Ci sto bene!

Sei sicura?

E che, me la devi venire a insegnare tu l'educazione? ci ho detto. Qualcuno secondo me le ha riferito che all'intervallo nel cortile mi picchio coi compagni e le compagne di scuola. Io ci ho la fissa dei calci micidiali, so tirare dei calci forti a tutti i fetenti che mi rompono le scatole. Sono anche abbastanza brava a tirare gli sputi e gli spintoni.

Una volta a Marcello, il fratello della Vale la mia compagna di banco, ci ho tirato una pietra in testa proprio diritta sulla fronte. Quello non dovevo farlo. Era una pietra che ha fatto centro, si è sentito stuch! e ci è uscito il sangue e lui è andato a piangere dalla madre e dal padre e loro sono arrivati a casa mia e hanno fatto una testa così a mia madre, che non mi sa educare che sono una selvaggia che non sa stare con gli altri bambini e che ora ho superato tutti i limiti, che mi dovrebbero chiudere al riformatorio. Se n'è andato dicendo, Coi terroni è così, non ci puoi mica ragionare, prima di ragionare ti hanno già tagliato la gola.

# 14.

Nel sogno di stanotte, devo rifare gli esami di maturità, non capisco perché sono ancora a questo punto, non capisco perché a cinquant'anni, e dopo che mi sono laureata, dopo avere scritto una dozzina di romanzi eccetera mi tocca ancora passare da lì. C'è un prof che mi dà da leggere un testo in francese, mi chiama Rossana, usa solo il nome, come se fossi una bambina delle elementari, io penso ma che faccia da culo, come osa esaminarmi su un testo in francese, ma non lo sa che il francese lo conosco benissimo, che ho vissuto vent'anni a Parigi, che i miei libri sono tradotti in francese! Mi sveglio per l'angoscia, un misto di rabbia, paura, senso di impotenza che mi atterra. Mi dico che la giornata comincia molto male. Mi sento bombardata da emozioni diverse, che macello, mi sembra di tornare indietro, mi sembra che tutto quello che ho vissuto in questi anni, tutto quello che mi pareva di avere conquistato dentro di me, la capacità di stare dentro a quello che sento, di dargli un nome e una forma, la capacità di abbracciare quella che sono, compresa la mia emotività, compresa la parte di Renato che mi porto dentro, mi sembra che ora tutto è stato spazzato via, mi sento catapultata indietro, sono tornata la piccola Rossana delle elementari, la piccola disadattata, la bambina con gli stivaletti rotti a cui nessuno presta attenzione. Forse è che ho sentito mia madre al telefono ieri sera, ho sentito la sua solitudine, il fatto che per la prima volta questa donna si ritrova da sola, dovendosi ora occupare solo di se stessa. Ora di colpo si ritrova sola.

E io? Io sento con chiarezza qualcosa su cui non ho mai voluto fermarmi a riflettere abbastanza a lungo. Io sono simile a Renato? Ho beccato la sua eredità genetica? Forse, quello che mia madre temeva si è avverato. Siamo come gemelli, io e lui, come fratelli, più che padre e figlia. Cosa significa? Sono un po' preoccupata per quello che sto scoprendo.

Interrompo il mio rimuginare perché devo uscire, ho un incontro di lavoro, devo vedere una persona che lavora nell'editoria. Comincia a parlarmi di progetti, di presentazioni e cose di marketing legate ai miei libri. Mi fa un discorso che in pratica riassumo così: Guarda Rossana tu farai anche bene quello che fai e ci dedicherai anche tutta te stessa, ma devi capire che il mercato editoriale sta cambiando anzi è già cambiato, devi capire che bisogna inventarsi qualcosa quando escono i libri, che oggi bisogna avere una precisa strategia di marketing, i libri si vendono non perché siano buoni libri o romanzi scritti da dio, i libri si vendono solo se diventi un personaggio televisivo, o se riesci a spacciarti come caso umano. Se hai un'immagine da vendere, allora la gente forse scuce quei dieci, quindici euro per comprare il tuo libro. Sennò, addio!

Siamo seduti in un bar elegante del centro di Roma, vicino piazza del Popolo, è una bella giornata di dicembre con un po' di vento, ma di colpo mi sono ritrovata in Siberia. Di colpo, si sono spenti i colori delle cose e mi sono sentita terribilmente sola al mondo, un relitto, un niente, una stupida che ancora crede nella forza della letteratura, nella magia della scrittura, nella sincerità dell'incontro fra qualcuno che scrive e qualcun altro che legge. Come nel sogno di questa notte, non sono più una donna di cinquant'anni, una persona col suo bagaglio di esperienze, di cose sentite vissute e pensate. Sono la piccoletta che arriva tardi a scuola, col naso che cola e senza fazzoletto, sono la bambina con l'accento del Sud che sta in un angolo di un bar a tenere d'occhio sua madre mentre parla con un barista. Di colpo, sono solo la figlia di Renato.

In questo bar vicino piazza del Popolo, mi è venuto un gran mal di testa con una nausea improvvisa, ho pensato che non avrei dovuto bere il caffè, da un po' di anni il caffè mi fa male. Ho salutato l'uomo e mi sono avviata in direzione del Pincio, mi sono messa a camminare per la salita sentendomi senza più forze, ho pensato di aver beccato un virus influenzale, seduta in quel bar. Ma pian piano continuando a camminare e sforzandomi di concentrarmi sugli abeti, i pini, le querce e i ginepri di villa Borghese, osservando la varietà di piante e le diverse tonalità di verde e il cielo azzurro con poche nuvole chiare all'orizzonte, e poi, una volta arrivata in cima sulla terrazza, guardando il panorama di Roma dall'alto, riconoscendo i tetti e le cupole delle varie chiese e basiliche, ho cominciato a sentirmi meglio, a respirare, ed è partito il vaffanculo lanciato diretto al tipo e a tutti i suoi discorsi di marketing. Ho cominciato a ripetere piano, fra me e me: Ma andate a farvi fottere! strunzemmerda, jatevenne a fanculo! Ho continuato la litania di insulti e imprecazioni e poi mi sono quasi messa a ridere da sola, perché ho riconosciuto che si stava facendo strada il Renato che mi porto dentro. Mi sono sentita come l'attrice

Sigourney Weaver quando in *Alien* comincia a essere scossa da spasmi e singulti finché da lei fuoriesce la strana creatura. Ecco appena la realtà bussava alla mia porta usciva fuori il mostro, la matta in cantina, l'alienata, la disadattata, la figlia di mio padre. Non sapevo stare al mondo, non capivo le regole degli umani, le leggi del capitalismo, del mercato, ero una tagliata fuori e prima o poi sarei finita male, sarei finita sotto i ponti o al manicomio, come tutti quelli della mia razza. Della razza bastarda, della razza a cui apparteneva Renato.

Avevo tirato fuori l'iPod dalla borsa, avevo cercato della musica adatta al momento, per provare ad aggrapparmi a una voce, a un suono che mi dicesse cosa dovevo fare, come potevo ritrovarmi in quel momento della mia vita. Qualcosa che mi desse un po' di sollievo, che non mi facesse sentire completamente sbagliata dall'inizio alla fine, uno scherzo della natura, un freak assoluto.

Avevo puntato su Tom Waits. Come molte altre volte la voce roca, sbattuta, la voce piena di alcol, sigarette e notti insonni e baretti pieni di ubriaconi di Tom Waits mi parlava alla pancia, alle trippe, al cuore, mi scaldava dentro come la vodka, come il whisky che non bevevo più da anni. La voce del vecchio Tom aveva lo stesso effetto della lettura di qualche pagina di William Burroughs, o di Jack Kerouac o di Kathy Acker e compagnia bella, mi faceva sentire che ero tornata a casa, che potevo lasciare fuori il mondo ostile, un mondo che non mi capiva e a cui mi rifiutavo di appartenere. Potevo aprire la porta di casa e ritrovarci dentro i miei veri genitori, i nonni, i fratelli, i cugini e gli zii, questa era la mia vera famiglia, fatta di sbandati, di pazzi e di alcolizzati, gente che non sa stare al mondo gente che non riesce ad accettare le regole dei grandi, le regole di quelli che si svegliano presto, che vanno a lavorare, che comprano una macchina nuova e pagano le rate del mutuo.

Forse sarei finita male, ma almeno avrei vissuto per quella che ero.

Avevo detto: Grazie, Renato!

# 15.

Ecco, nonostante tutto, Renato mi veniva in aiuto, perché lui era sempre stato l'unica persona tra tutti i viventi che avevo intorno che potesse rappresentare la boccata d'aria, la ribellione, il tentativo di vivere per quello che siamo e non per quello che gli altri si aspettano da noi. Così mi dico che dev'essere stato difficile e molto tosto avere a che fare con tutto questo da bambina, quando la persona che avevo preso per alleato, per gemello, l'unica persona al mondo che sentivo simile a me, l'unico degno di fiducia, è diventato il mostro, è diventato un altro. È diventato il padre violento da cui scappare, magari in piena notte, d'inverno, e mettersi a girare per il paese con mamma e aspettare l'alba sulle panche dure della stazione, fino alle sei di mattina, quando il primo treno ci avrebbe portato in Molise, a cercare rifugio dai suoi genitori.

Renato è sempre stato tante cose diverse che si mescolano insieme, lui è per esempio il suo amato Fred Buscaglione, il maschio latino strafottente, whisky bambole e sigarette e locali notturni pieni di fumo e di swing e poi è una rosa rossa tutta rinsecchita conservata dentro un quaderno che lo commuove sempre fino alle lacrime e che gli era stata donata dalla cantante Wanda Osiris durante un vecchio Festival di Sanremo quando Renato faceva il carabinierino da quelle parti. Renato è anche il racconto di un gesto eroico durante la grande alluvione di Genova del 1970 per cui prese la medaglia d'oro, quando aiutò una donna incinta bloccata in casa e la portò in salvo e quindi, assistito solo da un suo giovanissimo collega che stava per svenire, la fece partorire con le sue mani, sdraiata o accovacciata nel sedile posteriore della jeep mentre la bufera continuava a infuriare. E la bambina che nacque la chiamarono Renata, in suo onore. E poi c'è anche Frank Sinatra, *Stranger in the night* e gli attori americani degli anni Cinquanta e Sessanta suoi prediletti: Fredric March, Van Johnson e Jimmy Stewart e poi naturalmente Ava Gardner (che somigliava a mamma) e Rita Hayworth, il tutto mescolato alle zoccolette che frequentava solo prima di sposarsi sosteneva lui ma noi siamo sicuri anche dopo. E insieme a tutto ciò, Hemingway. Pur non essendo un uomo di letture Renato amava con passione lo scrittore americano, specialmente due suoi romanzi che leggeva e rileggeva spesso, *Addio alle Armi* e *Per chi suona la campana*, di cui gli piaceva citare il celebre esergo di John Donne, *Ogni morte d'uomo mi diminuisce, perché io sono parte dell'umanità. E così non mandare mai a chiedere per chi suona la campana: essa suona per te.*

Così l'immagine di un Renato comico, spassoso, anticonvenzionale prende a mescolarsi con un'altra serie di ricordi in cui appare completamente trasformato, ricordi molto dolorosi per me che ho faticato tanto a tenere insieme con gli altri, coi momenti di gioia e di anarchia totale che vivevo con lui. Ho lottato sempre negli anni per tenere tutto insieme, per dirmi che il bello e il terribile possono uscire dalla stessa persona, e che questa persona non era uno qualunque, ma mio padre. A un certo punto, quando avevo intorno ai sei, sette anni, vale a dire verso la fine degli anni Sessanta e l'inizio degli anni Settanta, Renato subisce una trasformazione. Il suo mondo comincia a crollare, i suoi superiori non tollerano più il suo modo di fare, le sue stranezze, la sua indisciplina, viene radiato dall'arma, così qualcosa succede nella sua testa, qualcosa che lo devasta e che cambia per sempre le nostre vite. Renato comincia a bere in un modo diverso da come ha sempre bevuto, non sono più i bicchieri per festeggiare qualcosa, per fare baldoria con gli amici al bar o nei locali notturni, non è più il calice alzato col sorriso, che accompagna la cazzata sparata così, in compagnia, per divertire e conquistare tutti. Renato comincia a bere come se si volesse cancellare dalla faccia della terra, o come se volesse dimenticare il mondo, spegnere il cervello, i ricordi, annullare tutto. Come se volesse ammazzarsi. E quasi ci riesce, diverse volte. Attraverso incidenti automobilistici, attraverso risse nei bar dove viene picchiato a sangue, attraverso emorragie interne, spappolamento del fegato, eccetera.

A casa sono piatti e bicchieri scagliati contro il muro, musica a tutto volume sparata di colpo a notte fonda, sono minacce di morte a mia madre, sono brutte vibrazioni che intossicano l'aria, sono mille sigarette fumate per rabbia, per spaccarsi dentro, e una furia che spunta all'improvviso, in qualunque momento, un accapigliarsi con tutti per qualunque motivo, sono lo spettacolo quotidiano della disperazione e dell'odio di se stesso che vengono a galla dopo decenni che erano stati mascherati da allegria esagerata e sopra le righe, dal fare casino sempre e a tutti i costi, dagli atteggiamenti da maschio spaccone.

E poi, certe volte, dopo giorni e giorni di furia domestica, di urla, di botte a mia madre, il crollo. La disperazione prende la forma di un dolore che esplode in lacrime, muco che esce dal naso, bile e vomitate nella bacinella, per terra, fra le lenzuola. Renato pian piano ritorna Renato, gentile, mite, timido, impacciato, piange, si dispera, ci chiede scusa, dice che siamo l'unica gioia della sua vita, il vero e unico motivo di vita per lui, implora di perdonarlo, di volergli ancora bene, di non abbandonarlo, che lui cambia, che smette di bere, che mò trova un lavoro, e affanculo a 'sti strunzi di carabinieri, affanculo all'arma e a tutti quei pecoroni con la divisa, lui mò diventa un uomo diverso mò diventa un bravo marito, un bravo padre, Rossanì, prendi l'albo co' le figurine che le incolliamo insieme, prendi il libro di scuola che mò ce la studiamo insieme la lezione.

Anche se gli ha fatto assai male essere cacciato dall'arma, in verità Renato ha sempre odiato i carabinieri e la gente che ti tratta come uno stronzo, che ti dà solo ordini dalla mattina alla sera, signorsì e signorno, gente con cui devi solo chinare la testa, devi smettere di pensare, devi piegare la schiena e leccare il culo a destra e a manca. Renato si è sentito obbligato dal fratello maggiore a indossare la divisa per mandare i soldi a casa, sono dieci fratelli, tre maschi e sette femmine, e sono orfani di padre, ma lui non ci voleva andare a fare il caramba, lui quello che amava era la libertà, come lavoro gli sarebbe piaciuto per esempio andare in giro per i locali, organizzare i concerti dei cantanti famosi dell'epoca, come faceva il suo amico Domingo, gli sarebbe piaciuto un mondo pure scrivere, se avesse avuto istruzione, e scrive sempre infatti, da sobrio e da ubriaco, da malato e da sano, quando arriva la disperazione per cercare di stare a galla, quando è felice per annotare gli avvenimenti belli della vita che lo rendono un uomo gioioso, la nascita dei figli, un viaggetto con mamma, il ritrovamento di un vecchio compagno della sua infanzia, una vecchia fiamma che si riaffaccia alla memoria, un pomeriggio luminoso che annuncia la primavera. Gli sarebbe piaciuto raccontare la guerra e il militare, per esempio, proprio come faceva Hemingway, e tutte le zoccolette che aveva incontrato, che aveva rimorchiato, o conquistato e a cui, naturalmente, aveva fatto perdere la testa. E poi gli sarebbe piaciuto raccontare di quelle zoccole vere che dopo aver fatto l'amore lo facevano addormentare e gli fottevano tutto, il portafogli completo, e le belle signorine di Torino, o di Firenze, o di Imperia, tutti i posti toccati durante il militare e i corsi di caramba.

Eh, quanto cazzo gli sarebbe piaciuto fare il romanziere! E pure il giornalista, l'inviato di guerra! Ma perché, se lo facevano tutti quei signorini, non lo poteva fare pure lui? Tutti quei rottinculo che pubblicavano i loro libri e i loro articoli e non sapevano un cazzo di quello che era la vita, la vita vera, che ti fa cacare sotto per la paura, la vita di quando vedi il tuo amico di dodici anni Fernando Autieri esplodere per aria per una granata tedesca, ma esplodere proprio, che un minuto prima era vivo e correvate insieme per cercare di prendere un soldato americano e portarlo in giro per i quartieri a scopare, e un secondo dopo non ci stava più, sparito, disintegrato in mille brandelli di carne e di sangue e ti pare ancora di sentirlo correre vicino a te, quando poi continui da solo ad accalappiare gli americani, i bianchi e i neri, e gli algerini e i marocchini e li porti a incontrare le signurine, e anche poi quando quelli in cambio ti regalano a te e alla famiglia della signurina la farina e l'olio, la cioccolata e le sigarette, e il roast beef se proprio si ha il culo rotto dalla fortuna, ti sembra ancora che se ti giri te lo trovi vicino Fernando, là che ti sorride e ti dice che mò ve lo dovete spartire quel cazzo di bottino, ma poi capisci che invece non c'è più, che era solo la tua immaginazione, che non ci sta proprio più, anche se solo il giorno prima scappavate per i vicoli, coi calzoni corti, le gambe secche secche e scattanti, la faccia sporca e i riccetti al vento e vi fumavate le sigarette e vi scolavate pure qualche bicchiere, anche se a dieci, undici anni forse si è ancora bambini, Ma jatevenne affanculo! dicevate, Ma che bambini, noi siamo già uomini, perché della vita sappiamo già tutto quello che ci sta da sapere!

## 16.

Mentre stiamo entrando in un bel ristorante sul mare le dico: È davvero forte, ma'! È una domenica e lei mi ha detto che siamo state invitate da un suo amico e io sono tutta ringalluzzita che cambiamo un po' aria e ci schiodiamo da casa. In questo periodo Renato non c'è, è in ospedale perché si è sentito male. Ha appena passato uno dei suoi periodi di sbronze su sbronze e notti di veglia a parlare da solo e sigarette spaccapolmoni e scrivere sui quaderni e di colpo è crollato. Quando lui crolla Concetta dice che stiamo finalmente in pace, dice così però la vedo diventare tutta ansiosa e malinconica, la vedo che non ride più e si incazza per ogni cosa. Io penso che è vero che stiamo più tranquille, però a me Renato mi manca, mi manca troppo per esempio sentirlo quando entra in casa, che apre la porta e fa un fischio lungo come il verso di un uccello, a volte invece pare che chiama un caccione. Arriva a casa, si apre la bottiglia, si accende una sigaretta dietro l'altra del pacchetto di Amadis senza filtro, attacca col suo giradischi, Fred Buscaglione, Renato Carosone, Glenn Miller e via, è partita la giornata domestica di Renato. Io penso che è un bel modo di stare al mondo, penso che c'è lo swing e che quando sono grande pure io vivrò la mia vita così.

Oggi con mamma per questo invito al ristorante ci siamo messe vistose, ci abbiamo i pantaloni colorati a zampa d'elefante, le camicie coi colli lunghissimi a punta e gli stivali con la zeppa. Io ho una giacca di montone colore azzurro con tutta la pelliccetta finta intorno ai polsi, poi ho anche una fascia sulla fronte da hippy e degli anelli a tutte le dita. Ho visto questo abbigliamento su una rivista musicale e mi sono ispirata alla cantante Janis Joplin. Però appena entriamo e vedo chi ci sta aspettando seduto a un tavolo mi viene un colpo. Questo tipo che ha invitato ma' si chiama Michele e io e le mie amiche lo chiamiamo Michele il porco, è uno che fa il meccanico al garage dietro casa nostra e ogni volta che Renato sparisce dalla vista lui spunta e invita mamma ad andare a ballare o a mangiare nelle trattorie. Lei rifiuta sempre, ma oggi non so perché ha accettato. Questo porco tiene gli occhi azzurri come un attore del cinema e quando si avvicina sento che ci ha un odore di sigarette e birra e olio di macchina e catrame. Lo stesso odore che c'è quando passo davanti al suo garage. Lui ci saluta con un sorriso viscido e tiene lo sguardo incollato sulla scollatura di mamma. Non parla, guarda la scollatura, se la sluma tutta e a me 'sta cosa non mi piace. Mi rovina tutta l'allegria di stare qua al ristorante. In primavera è successo pure un guaio con questo maiale, che la mia amica Nunzia mi ha detto che una volta le ha dato un passaggio e poi ha parcheggiato in garage e ha cercato di fare le porcate con lei. Lei però gli ha tirato un calcione nelle balle ed è scappata. Così ci raccontava sempre la Nunzi, ma quando raccontava faceva una faccia che mi metteva tristezza, perché non era la solita Nunzi spaccona che fa le minacce in giro a tutti e che affronta la vita così a testa alta e senza paura, ora aveva qualcosa che le strozzava la voce la Nunzi e anche se si voleva sparare la posa da tosta, si capiva che qualcosa non andava, si capiva che dentro qualcosa si era spaccato e le faceva male. Aveva pure deciso di non venire più a scuola.

Un giorno che eravamo io e lei a farci un giro sulla spiaggia me l'ha confessato. Mi ha detto che questo Michele porco l'aveva toccata dappertutto e che lei non voleva e urlava e cercava di tirargli dei pugni, ma non c'è stato più niente da fare, lui era troppo più forte di lei, primo perché è un maschio poi perché ci ha dei muscoli che si vedono sempre quando va in giro. La Nunzi mi ha fatto giurare e spergiurare che non lo dicevo a nessuno, sennò mi ammazzava, mi ha detto così: Se ti provi a dire qualcosa a qualcuno io ti ammazzo con le mie mani.

Ok, avevo detto io e ora mi toccava stare qui con questo segreto e questo suino che ci aveva invitate al ristorante. Abbiamo mangiato gli spaghetti con le vongole e a un certo punto io ho detto che mi faceva male la pancia, ho fatto tutta una scena che mi sentivo male e che volevo tornare a casa e così ho rovinato ogni cosa ancora una volta, come mi dice sempre Concetta, che non poteva mai passare una giornata rilassata perché arrivavo sempre o io o mio padre a rovinare tutto. Io però me ne fotto di quello che mi dice, e mi dispiace solo che non posso raccontarle le cose che so del porco, perché ho giurato alla Nunzi e un giuramento è un giuramento.

Un'altra volta ricompare questo Michele porco, è nel bar Stella, il bar di Salvatore, l'amico di Renato che ogni tanto prende mamma nei periodi che abbiamo bisogno di soldi per aiutarlo al bancone. Pure là quando ci vado vedo subito che ci sono vari maschi che ronzano intorno a mia madre, io le dico di non fare troppo la smorfiosa coi maschi e lei si spazientisce e mi dice di stare zitta e farmi i fatti miei, che in un bar una deve essere gentile e sorridente. Io non sono d'accordo, le dico che secondo me deve servire da bere e basta.

Una volta che sto uscendo dal cesso di questo bar e mi sto lavando le mani nel lavandino entra pure lui, questo Michele porco e mi si mette dietro e mi guarda nello specchio. Io mi tiro su e ci dico: Mbe', mò che vuoi tu?

Eh, ti stai facendo grande, tu, ti stai facendo una donnina, dice, e mi guarda in direzione delle tette che mica ce ne sono tante come Concetta, però insomma ci sta qualcosa, come una possibilità di qualcosa che comincia a spuntare. Ma ora, qui dentro al cesso, mi sento una bomba che mi rimescola la pancia, sento che quello che sta succedendo potrebbe essere pericoloso ma sono pure incuriosita. Guardo questo porco, e ci faccio: Uè, ma tu che cazzo vuoi mò? Che cazzo ci hai da guardare?

Lui continua a lanciare occhiate e si passa pure la lingua sulle labbra come il lupo cattivo della favola e dice: Perché, non ti piace che ti guardo? E intanto si passa pure una mano sulla patta dei jeans. Io ora gli tiro un calcio nelle balle penso, ma in quel momento qualcuno ha aperto la porta del gabinetto dei maschi, è Tore, il proprietario del bar, l'amico di Renato, ha sentito tutto, ci dà un'occhiata a tutti e due e lancia uno sguardo di minaccia al maiale che smette subito di toccarsi la patta dei jeans e fa finta di pettinarsi i capelli con le mani guardandosi nello specchio.

Non ne ho mai parlato con nessuno di quello che era successo alla Nunzi, lei mi aveva fatto le sue minacce e poi mi dispiaceva se si venivano a sapere in giro i fatti suoi. Però continuando a tenermi per me questo segreto ogni volta che ci pensavo mi sentivo come bloccata in un posto oscuro, che mi faceva paura, non mi sentivo più tanto sicura a andarmene a fare i miei giri in bici da sola su per le colline della Costa o per le strade di campagna. Di colpo, il mondo era diventato un posto ostile, lo stesso mondo che mi aveva accolto quando in casa le cose si mettevano pesanti ora mi pareva cambiato. Avevo deciso di aspettare che passava, però avevo cominciato a uscire poco di casa e la sera non riuscivo più ad addormentarmi fino a tardi e credo che mio padre e mia madre qualcosa l'avessero notata.

Una sera che aspettavo mamma che tornava a casa dal lavoro e stavo guardando un telefilm alla tivù, Renato è rientrato prima del solito ed è rimasto in piedi vicino al divano a fumare una sigaretta. È rimasto lì e poi è andato ad abbassare il volume della tivvù e ha detto quel nome. Io non ho capito subito bene, ci avevo come il sangue che mi ribolliva, a sentire quel nome, ero agitata e mi sembrava che mi fischiavano le orecchie. Ma lui aveva detto proprio il nome di quello, Michele del garage, lo stava dicendo anche adesso, diceva che aveva avuto un incidente, era caduto da qualche parte. Aveva detto che era messo male. Mentre parlava non mi guardava, continuava a fissare lo schermo della televisione col volume basso. Ha detto: Quello, qualcuno ha deciso di cambiargli i connotati. L'hanno fatto nuovo nuovo. Mò non romperà più il cazzo a nessuno, eh!

Io cerco di parlare con la voce normale, neanche io lo guardo, pure io fisso lo schermo, dico: Ma come caspita è successo, pa'? Che, ha avuto un incidente?

Lui fa: Ma niente Rossa', no, mi hanno detto che l'hanno menato di santa ragione.

Ah, dico io e mi metto a guardare la sigaretta che tiene fra le dita. Non stacco gli occhi dalla piccola brace rotonda e dalla cenere che è diventata lunga lunga e non capisco come riesce a restare lì in equilibrio senza cadere per terra. Come fa a non sgretolarsi quella cenere, come fa a restare unita sul niente.

Papà è ancora fermo con la sigaretta in mano e io ho visto qualcosa che la luce della tele illuminava male, mi è sembrato di vedergli dei lividi, e della pelle screpolata sulle nocche delle dita.

È stato lì ancora qualche secondo, poi ha buttato la cenere nel portacenere sul tavolino e ha fatto un tiro, ha detto: Be', me ne vado a dormire, tu stai ancora alzata?

Io ho detto sì e lui ha aggiunto, Ah, ho visto Pasqualino, il padre di Nunzia, la tua amica, mi ha detto che la figlia sta bene, ora. E che ritornerà pure a scuola. Forse lo volevi sapere.

Io sento una specie di sollievo nel cuore. Il nome della Nunzi pronunciato da mio padre, risuona nella casa. Lo guardo, non c'è paura, nessuna paura e nessun imbarazzo sulla sua faccia. E io ho la voce roca quando gli dico: Ah, grazie pà.

È una delle poche volte che lo ringrazio, non mi escono molto i ringraziamenti, in generale non mi vengono bene. Però quella sera, seduta sul nostro divano scassato ho sentito chiaramente questo grazie salirmi dalla pancia e andare verso di lui, ho sentito che aveva fatto qualcosa per me. Per qualche secondo lui mi ha guardata e ho sentito che avevo un padre e non era male quella sensazione di poter contare su qualcuno che c'è e che ti può pure proteggere. Per tante persone quella doveva essere la normalità, doveva essere incluso nel pacchetto, per me non lo era, ma questa sera le cose andavano diversamente. Così mi ero detta che non importava se avevo un padre che non ne imbroccava mai una giusta, c'era quest'onda di gratitudine e sollievo che mi partiva da dentro e andava verso di lui. Sono stata ancora un po' lì allungata sul divano, con lo sguardo verso lo schermo senza vedere niente. Poi ho spento la tele e me ne sono andata a letto.

# 17.

Durante le vacanze di Natale di quattro anni fa, succede qualcosa. All'inizio di dicembre papà è stato operato a Milano, un intervento complicato alle gambe in un centro specializzato per diabetici, gli hanno messo un bypass e gli hanno levato alcune dita dei piedi, sono le conseguenze degli anni di alcolismo.

Sono andata a trovarlo e c'era già parecchia roba che lottava dentro di me. Il desiderio di rivederlo, fargli sentire che gli ero vicina, che non lo lasciavo da solo, unito a un senso di fastidio, come un'ingiustizia profonda. Forse non avevo voglia di prendere un altro aereo, non mi sembrava giusto mettere tra parentesi ancora una volta la mia vita, i miei bisogni, i miei legami, e correre in un ospedale dove avevano ricoverato Renato. Ero arrivata a Milano la sera tardi, avevo dormito da un'amica per essere da lui la mattina dopo, quando sarebbe stato operato. Il giorno prima gli avevo chiesto al telefono se voleva qualcosa e lui aveva espresso il desiderio di avere del buon parmigiano grattugiato da mettere sul cibo ospedaliero, il pasto era buono, non si lamentava, ma il parmigiano era scadente, diceva. La mattina ero andata in giro per il quartiere a cercare un negozio di alimentari, avevo preso il miglior parmigiano e mentre mi dirigevo verso l'ospedale mi sembrava di non sentire più niente. Registravo tutto, il colore del cielo, gli alberi spogli del parco che attraversavo, le vetrine dei negozi con gli addobbi per le feste, e non sentivo più niente, avevo perso il senso delle cose. L'avevo aspettato nel corridoio accanto alla sua stanza, dopo la sala operatoria e la rianimazione l'avevano riportato nel suo letto avvolto in una coperta isotermica dorata che scintillava sotto le luci, mi era sembrato un maratoneta dopo la corsa, qualcuno che ha fatto un grandissimo sforzo, era molto pallido, la faccia ossuta, le guance scavate, ma si stava già riprendendo. L'avevo sentito arrivare in barella e avevo riconosciuto subito la voce, stava facendo battute con l'infermiere che lo trasportava, era già in ripresa. Il pomeriggio aveva ricominciato a guardare i culi delle infermiere e a sparare cazzate a destra e a manca. Ero contenta di vederlo come sempre pronto a rialzarsi. Pronto a vivere di nuovo. Il giorno dopo erano arrivati anche mio fratello e mia madre, ero rimasta ancora un paio d'ore a Milano e quando ero tornata a Parigi, mi era piombato addosso un malessere diffuso che si era amplificato per via della fortissima, improvvisa tosse unita a un gran mal di gola e alle orecchie.

Decido di curarmi, prendo i rimedi omeopatici, come sempre, ma capisco anche che mi sto sabotando, esco di casa senza coprirmi bene, con un giubbotto leggero, senza sciarpa, senza proteggermi, fa freddo e c'è moltissima umidità nell'aria, continuo a stare all'aperto, continuo a camminare per le strade e quando sono in giro mi prende una paura irrazionale, che casa mia sta bruciando, ha preso fuoco, mi dico, dovrei tornare a casa. Mi sento debole, avrei bisogno di stare al caldo, ma niente. Una notte mi sveglio per la febbre alta, arriva una specie di calma, ora devo starci per forza in casa, anche se potrebbe prendere fuoco, mi devo fermare per forza. E una mattina lo sento. È una specie di magone gigantesco, qualcosa che sta al fondo della mia vita e che è penoso percepire. Non vorrei sentirlo. Eppure lo conosco, ogni tanto si affaccia, è qualcosa che arriva, che spacca, brucia e fa male, però ho imparato a mie spese che lo devo guardare in faccia, se riesco a farlo, alla fine poi rinasco. Questa volta però mi sembra diverso e quella brutta sensazione, di aver perso i colori delle cose, resiste.

Appena sto meglio decido di uscire, vado a vedere una mostra di Dubuffet al Beaubourg, è una mostra straordinaria, e lui è uno dei miei artisti prediletti. L'arte ha sempre avuto su di me un effetto terapeutico. L'arte, specie quella degli artisti che hanno lavorato sulla loro parte infantile, folle, giocosa, mi ha sempre liberato.

A fatica faccio la fila per comprare il biglietto della mostra. Di fronte alle tele dai colori accesi, luminosi, di fronte ai tratti e alle linee semplici, anarchiche e vitali di Dubuffet, sento una specie di nostalgia struggente, di qualcosa che era mio, che mi apparteneva, come il ricordo di un'unione diretta con la vita, di un mondo gioioso che mi è stato strappato.

La sera torno a casa, mi preparo qualcosa da mangiare ma non ho fame. Mi metto rannicchiata sul divano, avvolta dentro un plaid, con un berretto di lana in testa, comincio a tremare, il corpo è scosso da brividi e ondate di freddo e di caldo, sento qualcosa che comincia a sciogliersi. Mi preparo un tè caldo, resto avvolta nel mio plaid col berretto in testa e accendo la televisione. Ho bisogno di vedere delle immagini, qualcosa che mi faccia compagnia, smanetto col telecomando, ma i programmi trasmessi mi sembrano più fasulli e cretini del solito. Trovo un telefilm americano della serie *Cold Case*, una storia di violenza ambientata negli anni Cinquanta, viene tirata fuori da poliziotti che cercano di risolvere casi vecchi di decenni, i casi freddi, appunto, che non sono mai stati risolti. Si tratta di una donna con le sue figlie piccole che viene picchiata dal marito alcolista e cerca rifugio in un centro di accoglienza per donne vittime di abusi. Il marito però non la lascia in pace, torna a cercarla. Mi metto a guardare e resto ipnotizzata. Quella che sta passando nello schermo è la mia vita. Quella che raccontano è la mia storia. Eccoli lì gli anni di penombra che ho attraversato. Che abbiamo attraversato insieme, io e mia madre. Gli anni delle sbronze dure di mio padre, gli anni del casino. Quando dovevamo tornare a casa in silenzio, quasi di nascosto, nella casa devastata dalle sue crisi, dal suo dolore, dalle emorragie, quando i vicini ci chiedevano di tornare, che lo sentivano urlare tutta la notte, o non lo sentivano più, o sentivano odore di bruciato, o di gas, e lui non apriva la porta, non rispondeva al telefono. Arrivano le lacrime, eccolo qui il dolore che stava rannicchiato dentro, la paura, il terrore. Erano episodi che avevo chiuso a chiave in qualche parte del mio cuore, delle ossa, del sangue, erano momenti che ogni tanto rivedevo nella mia testa ma come scollegati dall'orrore, dalla paura che mi suscitavano. Ora potevo risentire tutto ed ero meravigliata per i salti nel tempo che la nostra vita può fare, a volte. Risentivo anche tutto il casino dovuto al fatto che la persona che aveva preso a perseguitarci era la stessa che mi aveva fatto ridere, che mi diceva di non preoccuparmi, di fottermene degli stronzi. Era il mio amatissimo, tenero padre. Il nemico e l'essere che avevo sentito mio complice e unico extraterrestre con pensieri simili ai miei erano la stessa persona. Che casino porca miseria, sentire di assomigliare e di volere bene a qualcuno che è stato anche il nostro torturatore. Che confusione riconoscere tratti di mio padre sulla mia faccia, la forma del naso, degli occhi, le braccia, le mani, il modo di camminare. Che cazzo di fatica, che dolore sentire che hai parte dei suoi geni in eredità, parte del suo difficile carattere, delle sue debolezze e fragilità.

Dopo, avevo fatto una dormita di dieci, forse dodici ore, la mattina dopo mi ero sentita debole, ma con una specie di nuova energia, come ripulita completamente, come rigenerata nel profondo. Mi ero fatta una doccia, mi ero messa una crema idratante su tutto il corpo, mi ero vestita con abiti puliti ed ero uscita a camminare. L'aria era fredda, ma il cielo azzurro, bellissimo, mi ero diretta verso il parc Montsouris, mi ero detta: non devi più pensare che non meriti niente, che non meriti di vivere e di stare bene, di stare al mondo come sei, con le cose che hai, non devi più pensare che non c'è posto nel mondo per te, per come sei fatta, e perché sei la figlia di Renato.

## 18.

Papà?

Eh?

Papà?

Uè!?

Papaaaà!

Ueeee! Che cazz c'è? perché mò ti devi mettere a gridare!

Papà, mi devi stare a sentire.

Vabbè, ti sento, mica so' sordo,

Papà, me l'avevi promesso.

Cosa?

Avevi promesso che non bevevi più, avevi giurato, quando ti eri sentito male!

Eeeeeh!

Come eeeeh!

Eh, mò non stare a rompere 'o cazz pure tu Rossanì! Già ci sta tua madre che scassa la minchia!

Avevi promesso!

Ma sì, dai, mò ti porto sulle giostrine!

Papaaaà!

Che c'è!

Sono le 11 e stai bevendo!

E allora che mi vuoi fare? mi vuoi fare un processo? Mi vuoi mandare sotto il plotone di esecuzione?

Mamma aveva detto che se mi portavi fuori non dovevamo andare nei bar e nelle bettole, aveva detto che dovevamo andare ai giardini del prolungamento o sulle giostre o al porto a vedere le navi che partono.

Eh, le navi che partono, ne abbiamo già viste tante Rossanì, di navi che partono.

Io le voglio rivedere! E poi non voglio stare qui nel bar con la puzza di cesso e tutti questi che s'imbriacano e fumano! Io voglio uscire.

Ancora!

Voglio andare via!

Ma sai che rottura di coglioni stare là al porto a guardare le navi insieme a tutte quelle capecazz co' le loro famiglie?

A me piacciono le navi!

Vabbè, poi ti ci porto, mi prendo ancora un po' di swing e andiamo. Oh Mario allunga un po' un altro va', e non fare lo spilorcio sai, che lo vedo che me lo versi sempre col contagocce!

Ma Renato...

Eh sì Renato,

Renato sei con la bambina,

E allora? Rossanella, te lo vuoi pigliare pure tu un wischetto?

Uffa!

Ne vuoi uno pure tu?

Ma Renato!!

E dai che scherzavo, Mario, e non stare a rompere 'o cazzo pure tu!

...

...

E imparate a godervela un poco 'sta cazzo di vita!

Tante volte mi rivedo in una scena come questa, tante volte ho cercato di risentire quello che provavo da bambina. Lui mi promette che facciamo qualcosa, è domenica oppure sono arrivate le vacanze di Pasqua o di Natale, io sono contenta, faccio progetti, cose che mi piacerebbe fare o vedere con lui. La maggior parte delle volte invece ci ritroviamo in una bettola, dentro un baretto male illuminato, uno di quei posti che conosce lui, ne conosce moltissimi, localini disseminati nell'entroterra ligure, con vecchietti del paese che giocano a carte o a biliardo con le cicche fra i denti, e quell'odore di bar sfigato, inconfondibile, un misto di vino, birra, piscio, sudore e tabacco. Quando entriamo, dalle occhiate che ricevo capisco subito cosa pensano di noi: arriva il testa matta con quella poveretta che ha avuto in sorte un padre così.

Però quando mi porta in giro per i suoi locali sono anche incuriosita, e il fatto che siamo in posti dove non dovremmo essere, che stiamo facendo qualcosa che tutti dicono è sbagliato, che non si deve fare, mi mette addosso anche un senso di sfida, di allegria e di ribellione verso il mondo. Sono anche agitata però quando le cose cominciano ad andare per le lunghe, quando penso che mamma ci sta aspettando a casa oppure ci immagina da un'altra parte, per esempio nei giardinetti a prendere aria fresca, a giocare con gli altri bambini. Quando vedo Renato che comincia a tirare giù un cicchetto dietro l'altro e si sta scordando che all'una abbiamo promesso di essere a casa per il pranzo, m'immagino Concetta ansiosa, con la faccia rossa, che fuma rabbiosa, se torniamo a casa con due o tre o quattro ore di ritardo chi la vuole sentire, poi! Allora la troviamo incazzata come una iena e ci avverte che la prossima volta a casa non ce la troviamo, perché lei si è stufata di noi, si è stufata di tutto e se ne andrà via con l'autostop facendosi prendere su dal primo che capita e si farà finalmente una vita bella libera senza vederci più nemmeno in fotografia!

Ci sono poi anche le volte che io Renato lo difendo a spada tratta. Quando andiamo al Sud per le vacanze per esempio, o per qualche matrimonio, ci sono gli zii che gli danno sempre addosso puntuali, a mio padre. Renato, quello non è normale, Renato, quello non sa assumersi le sue responsabilità. Renato, quello non è buono né come uomo né come marito né come padre! Renato, quello è 'na grandissima capecazz'! quello, è il disonore della famiglia, andarsi pure a fare radiare dall'arma dei carabinieri!

Allora, per questo io una volta ho detto: Voi non capite niente, papà è forte, mi porta sempre a fare dei bellissimi giri in macchina, una volta mi ha portato perfino su fino al monte Beigua!

Loro mi hanno guardata storta, come una bizzarra extraterrestre approdata nella loro cucina, e poi mi hanno detto: Ma dove cazz sta 'sto montebega? Chi cazz l'ha mai sentito nominare?

E poi si mettono a ridere di sfottò, facendo le facce che mi ricordano quelle che incontriamo nei bar, le facce di chi pensa: ma guarda 'sta poveraccia disgraziata che le è toccata la sorte di avere un padre come questo!

Ma dentro di me mi dico che pure questi, pure la tribù di beduini della famiglia di Renato non capisce niente, e capisco che è vero allora quello che certe volte mi spiega papà, che noi due siamo diversi da tutti, perché abbiamo dentro al cuore lo swing e ci piace vivere così, liberi da tutte le catene, liberi dalle ipocrisie, ci piace prendere e saltare in macchina coi finestrini abbassati pure d'inverno, e spararci chilometri e chilometri macinando asfalto mentre dal mangiadischi escono le note della sua canzone prediletta, quella che rappresenta precisamente ciò che lui ha nel cuore. Stiamo parlando del famoso Mimmo Modugno che canta a tutta birra *La lontananza sai è come il ventooooo… che fa dimenticare chi non s'amaaaa….*

# 19.

Mi ricordo di quando ero andata a trovarli e che ero in vena di farmi raccontare ancora una volta la loro epopea con la narrazione delle gesta leggendarie di Renato. Avevo chiesto: Allora com'è andata poi, com'è che siete arrivati dalle stramberie che Renato ha fatto la prima volta che è venuto a pranzo al fidanzamento? Com'è successo che vi siete sposati?

Si erano tutti ringalluzziti, come sempre quando chiedevo di raccontarmi qualcosa del passato, di quando erano giovani, e avevano cominciato a parlare uno sopra l'altra. La storia che narravano era sempre la stessa ma i toni del racconto potevano cambiare man mano che uscivano fuori colpe e rimproveri che rimbalzavano da uno all'altra, man mano che lui cercava di riscrivere il passato, o di ridimensionare la portata di un errore, di rinnegare un gesto sventato, o di rimangiarsi quello che aveva detto e ciò che era stato. Diceva: Lei non lo voleva ammettere nemmeno con se stessa, ma la verità è che Concetti' stava innamorata! Questa si era subito cotta di me!

Ma quando mai! faceva lei, io a questo non lo volevo proprio, era troppo strano, faceva troppe cazzate, io il mio sogno è sempre stato l'uomo posato, tranquillo, sai quegli uomini che puoi discuterci bene, puoi confidarti, uno che ti sostiene e ti dà una mano, anche moralmente, in tutte le circostanze!

E ti sei andata a sposare con papà?

Eh!

Insomma, lui ti voleva, tu non lo volevi, e poi?

E poi, questo stava uscendo pazzo, mi mandava in pellegrinaggio le sorelle, la madre, le zie, mi portavano le scamorze e si mettevano a piangere, sai come fanno gli zingari! Concettina, se tu non lo vuoi quello Renato si ammala, marooooo... Concettina! quello non se ne fa una ragione, quello si ammazza, quello prende la pistola e ci spara prima a noi, poi a te e poi a lui, quello lo dice sempre!

Sul serio dicevi questo pa'?

Ma no... quelle, le femmine, esagerano sempre...

Ah no! urlava Concetta,

No, io dicevo solo: Concettina se non sarai mia, allora non sarai di nessun altro,

E non è una minaccia questa?

Una volta mi seguiva con la moto, mi era venuto dietro e quando ha visto che mi ero data appuntamento col calciatore, sai quello bello che ti dicevo, ha buttato per terra la moto, mi si è avvicinato e ha detto: Ricordati che se non vuoi essere mia non sarai di nessun altro.

Aeeee!

È così, giuro!

Vabbè, e alla fine però vi sposate.

Ci sposiamo, lui stava già in Liguria, faceva il carabiniere vicino a Genova, a Torriglia, arriviamo su, una casa vecchia, umida, era una casa che ci avevano trovato i carabinieri, ma non c'era un mobile, niente, c'era solo il letto e un tavolo, una tristezza!

E come avete fatto?

Ecco come abbiamo fatto, io ero arrivata su al Nord con un piccolo gruzzoletto, avevamo detto ai parenti che dato che non avevamo manco gli occhi per piangere che non ci facessero i regali di nozze ma che ci dessero un po' di soldi, che noi partivamo da zero, che la vita al Nord non era semplice e insomma i parenti, specie i miei, avevano racimolato una discreta sommetta, così io avevo pensato che con quella ci saremmo potuti comprare i mobili, la cucina, qualcosa di carino e poi magari ci potevamo fare pure un viaggetto di nozze, per esempio mi sarebbe piaciuto tanto andare a Venezia da zio Lucio o a Pisa da zia Giovannina, che in tutto questo chiaramente manco il viaggio di nozze ci siamo potuti permettere. Poi ci avevo il corredo che mi ero fatta io punto dopo punto con le mie mani, lenzuola, belle camicie da notte, gli asciugamani con le iniziali ricamate...

Me', vai al punto, Concetta non stare a raccontare mò gli asciugamani!

Ah, no, anzi, prima voglio premettere un fatto, che quando ci siamo fidanzati e lui ha dovuto dire ai suoi superiori che si sposava, sai che mi è toccato fare?

No,

Sono dovuta andare in caserma, a Campobasso, a parlare con un maresciallo e dichiarare che ero una donna di provata reputazione, che io e la mia famiglia eravamo persone oneste!

Che significa?

In pratica che non ero una mignotta, e che non ci avevo nessun delinquente in famiglia, ti rendi conto?

Incredibile.

Ecco, dovevo provare che avevo tutte le carte in regola, quello mi ha pure fatto delle domande per sapere se ero vergine illibata.

Non ci credo!

E no!

Vabbè vado avanti, dunque io ho dovuto pure sorbirmi il terzo grado per sposarmi con lui, poi arriviamo su, come ti dicevo avevo questo gruzzoletto che mi ero tenuta da conto, mi immaginavo che con quello partiva la mia nuova vita, sai la vita da donna, lontana da casa, lontana da tutti, sposata con un brigadiere dei carabinieri.

E invece?

Invece, il giorno dopo Renato mi fa vedere dove sono i negozi per andare a fare la spesa, per cominciare a comprare qualcosa per mettere su casa e io tutta contenta mi vesto per bene, mi pettino, mi aggiusto benino e vado e mi presento, dico che sono la moglie del brigadiere, che ci siamo sposati e che ora abito lì, insomma voglio fare conoscenza con un po' di persone no, e questi vedo che non mi si cacano proprio, abbassano gli occhi, mi dicono un buongiorno e buonasera tirato tirato. Io vado a casa e piango, mi sento sola, mi sento respinta dalla gente e mi pare pure che mi guardano male per strada. Finché un giorno la panettiera che era una giovane simpatica tutta peperina, la Gina, mi prende da parte e mi dice: Signora posso dirle una cosa in confidenza? Certo, dico io, Ecco vede, suo marito ha fatto debiti con tutti qua intorno, ha un sacco di debiti con tutti i negozianti, il bar, la macelleria, è da parecchio tempo che aspettiamo di essere pagati, lui ha la divisa e non osiamo chiederglielo più di tanto, sa non si sa mai, però qui siamo tutta gente che lavora e ci alziamo tutti presto al mattino, e non è bello fare i puffi, con noialtri non funziona, si guastano tutti i rapporti poi.

O cacchio, e tu?

Io volevo morire dalla vergogna! Mi sarei messa la testa sotto un mattone! Madonna che vergogna! Allora sai che ho fatto, ho preso e mi sono fatta il giro di tutti i negozianti, il tabaccaio, il bar, uno per uno ho detto quanto le deve mio marito? E ho rimborsato tutto, fino all'ultimo centesimo!

...

A quel punto, capirai, erano finiti i soldi del matrimonio, a quel punto non avevamo più niente, altro che viaggio di nozze, meno male che in casa c'era già un letto per dormire e un tavolo per mangiare, sennò dovevamo dormire in piedi come i cavalli.

Madooo…

Non avevo manco più i soldi per le pentole!

Ah un inizio alla grande, avevo detto io.

Eh ma quando c'è l'amore che importa, vero Titina? aveva detto Renato.

# 20.

Nei racconti che mi faceva della sua infanzia, non ho mai saputo quanto ci fosse di verità e quanto d'invenzione, sicuramente erano buoni racconti, che mi accendevano l'immaginazione e piazzavano lui e tutto il suo popolo di amici e compari di avventure in una luce di leggenda. Per molto tempo, se mi capitava di guardare un film o di leggere un libro sulla seconda guerra mondiale o sulla resistenza, mi immaginavo sempre che prima o poi, insieme ai partigiani, ai fascisti e ai tedeschi sarebbe spuntato pure lui.

Diceva: Rossanì, senti, quando nell'ottobre del '43 i soldati americani arrivarono a Torre del Greco, noi avevamo già cacciato via i tedeschi, quegli stronzi! Alla fine di settembre i tedeschi stavano ancora più inferociti di prima perché tutto il popolo si era ribellato e quelli avevano fatto una vera carneficina, madonna che cazzo era successo! Però, quando i tedeschi per rappresaglia si erano messi ad acchiappare gli uomini per la strada, li sparavano sul posto o li sbattevano sui camion diretti in Germania, *raus, italiani kaputt*! Disgraziati! Allora là che avevamo fatto, tutti quanti, donne uomini vecchi guaglioncelli, tutti! Avevamo tirato fuori le palle, avevamo dimostrato di che pasta siamo fatti noi, e ci siamo buttati addosso ai crucchi come cani inferociti. Quelli tenevano le mitraglie, le pistole, le bombe a mano, gli elmetti, noi invece stracciati, coi pantaloni appesi, niente, solo le nostre mani nude, e ci eravamo scagliati contro di loro, dalle finestre e dai tetti, noi ragazzini che eravamo svelti come delle furie ci arrampicavamo e lanciavamo di tutto, le pietre, i mattoni, i chiodi, i martelli, pezzi di mobili, acqua bollente, vedevi i tedeschi co' la testa spaccata, qualcuno dopo che erano morti li sfregiava pure, gli mozzicava la faccia per sfregio, come dei cani. Noi buttavamo pure le pietre contro i panzer, noi piccoletti che eravamo i più figli di puttana andavamo contro quei vigliacchi e tanti di noi so' morti, se mi ricordo! Peppiniello, Fortunato, Lucio Russo, Mimì, Luisella... pure le ragazzine, sai che facevano, andavano davanti ai tedeschi chiusi nei carrarmati e gli facevano vedere delle bottiglie d'acqua, perché quelli stavano assetati, chiusi là dentro, e quelle gli facevano venire la voglia di aprire i panzer, capito, e i crucchi ci cascavano, aprivano i loro panzer di merda e invece di una bottiglia d'acqua arrivavamo noi con le pietre i mattoni, i martelli, tutto quello che trovavamo, ma quanti ne so' morti! Non puoi capire Rossanì. Ma ricordati che niente riuscirà mai a spegnere la sete di libertà di un popolo, perché a un essere umano ci puoi levare tutto, ci puoi levare il pane di bocca, i vestiti per coprirsi il culo, l'acqua per lavarsi, lo puoi ridurre a puzzare come un animale ma la scintilla di dignità con cui alla fine difenderà se stesso e la sua gente non ce la puoi strappare, prima o poi quella scintilla scocca e contagia tutti, ricordatelo a papà!

Io ascoltavo quelle storie incantata. Mi facevano paura anche, e se mi venivano raccontate la sera prima di andare a dormire i miei sogni si popolavano di incubi. C'era un incubo che facevo e che ricordo ancora, io che cercavo di salire una lunghissima scalinata ma arrivata a un certo punto precipitavo di sotto e mi ritrovavo in un posto pieno di tedeschi, soldati americani, i corpi dilaniati dei morti per le strade, le bombe che avevano squassato case, interi quartieri.

Mentre prendo appunti per acciuffare questi ricordi di mio padre ragazzino mi pare di sentire dentro la carne cosa sono le guerre, e quanto la miseria, le bombe, la brutalità entrano così in profondità nella vita degli esseri umani da continuare a danneggiare anche le generazioni successive. Mi è sembrato di sentire risuonare dentro di me la paura e l'orrore della seconda guerra mondiale, il fascismo, i nazisti. Ho sentito che quello strazio, quella violenza subita, i nostri genitori ce li trasmettono nel corpo, nei cuori, negli incubi, li riceviamo in eredità, come il colore degli occhi, dei capelli, la forma del naso e delle mani.

Una decina di giorni dopo il funerale, avevo sognato Renato. Era un sogno molto realistico, lui aveva quell'aria che gli ho visto milioni di volte e che era proprio sua, un miscuglio di rabbia, allegria, disperazione unite al costante tentativo di sollevarsi da tutto quello che sentiva, e di farsi forza, darsi coraggio per dimostrare al mondo intero chi era Renato. Nel sogno mi diceva: Sai Rossanì, è andata così, sono stato malato, mi sono ammalato di brutto, stavo quasi per lasciarci le penne, ma alla fine mi sono ripreso! Ce l'ho fatta Rossanì, sai che ora comincio a sentirmi meglio? Mi sa che forse forse mi alzo, mi sa che guarisco pure stavolta! Io ce la voglio mettere tutta, mi sa che non muoio!

E io nel sogno gli rispondevo, con un tono protettivo, un po' materno, che a volte avevo con lui quando cercavo di fargli affrontare qualcosa, di fargli aprire gli occhi sulla realtà. Gli avevo detto: No papà, non va così, adesso sei morto, questa volta non guarisci più, devi capirlo questo (e forse lo stavo dicendo anche a me stessa).

E lui mi aveva risposto, Ma che, stiamo a pazzià? e si era messo a ridere. E pure io venivo contagiata dalla sua risata di scugnizzo, e dentro di me pensavo, ma guarda questo, manco di fronte alla morte si arrende!

Fin da piccola ho percepito questi diversi aspetti di mio padre, la sua estrema fragilità, le ferite che si portava dentro e allo stesso tempo la sua forza vitale che lo faceva riemergere sempre, a dispetto di tutto e di tutti. Renato riusciva a risorgere da incidenti dove l'auto risultava accartocciata, completamente distrutta, da operazioni allo stomaco avanguardiste delle quali ci veniva detto che la possibilità che ne uscisse vivo erano le stesse che avevamo di vincere al totocalcio, da notti alcoliche che trascorreva guidando in giro per le strade ghiacciate, attraversando valichi e curve pericolosissime, da soste notturne al gelo quando restava senza benzina. Quando aveva trentasei anni un primario di un ospedale di Genova gli disse che se toccava ancora un bicchiere di vino sarebbe morto nel giro di pochi mesi. Ma forse quando un ragazzino sopravvive alla guerra alla fame alle bombe e alla trascuratezza sopravvive poi anche a tutto il resto. Forse, tutto quello che ha vissuto dopo, le operazioni, le risse nei bar, le punizioni dei carabinieri, dovevano sembrargli poca cosa. Una volta gli avevo chiesto, Pa', ma chi ti ha cresciuto quando eri piccolo? Eravate dieci fratelli, tua madre non poteva avere cura di ognuno di voi, chi si occupava di te?

Io? Io mi so' cresciuto da solo Rossanì!

Come da solo?

Eh, da solo, e poi ci stava zia Checchina, lei era la sorella più grande e guardava i più piccoli.

Zia Checchina? Una bella sciroccata pure lei, avevo detto.

Lui si era messo a ridere, una risata che racchiudeva un affetto un po' furioso, mezzo rancoroso e mezzo nostalgico verso la sorella più grande. Zia Checchina me la ricordo come una bambina di sessanta, settant'anni. Sorridente, allegra, canterina, me la ricordo che scorrazzava con la sua 500 pestando sul clacson ogni momento. Aveva ottenuto una pensione di invalidità per infermità mentale e con quella ha mantenuto se stessa, sua sorella, il marito disoccupato e diabetico della sorella e i loro due figli coi quali ha vissuto tutta la vita. Zia Checchina somigliava a un grande capo Apache, magrissima come Renato, sempre agitata, la pelle cotta al sole del Sud e completamente coperta di rughe per le migliaia di sigarette fumate in continuazione. Dei dieci fratelli di Renato ne ho conosciuti solo cinque e ognuno di loro mi ha sempre fatto pensare a una tribù di Apache che per qualche ragione era migrata dalle praterie americane atterrando nelle terre del Sud Italia.

Una volta da bambina con i miei avevamo fatto un giro per i paesini del Molise. Arrivati in un posto di cui non ricordo il nome mamma aveva detto con un tono di sufficienza nella voce: Ecco, vedi Rossa' questo è il paese degli zingari, da qua viene la stirpe di Renato, è vero Rena'?

Come no, da qua veniva nonna Regina e papanonno! la stirpe dei gitani Di Rocco! Tu pure Rossanì hai questo nostro sangue nelle vene! Sangue zigano!

Io avevo registrato questa nuova informazione facendo finta di niente e mi ero messa a guardare con aria distratta quel nuovo paesaggio fatto di case di pietra basse, roulotte e baracche tenute su con materiali di ogni tipo, lamiere, pezzi di compensato, portiere di automobili e chissà che altro. Bambini che giocavano davanti a quelle strane abitazioni in compagnia di qualche animale, galline, galli, caprette, forse anche un pony. Poco distanti dai bambini, donne con gonnellone lunghe nere o colorate, coi fazzoletti annodati in testa e uomini vestiti di nero, con cappelli scuri, sigarette, baffi.

Renato pestava sul clacson e faceva dei segni di saluto, quelli restavano sulle loro, lanciavano occhiate a questa auto con targa forestiera, qualche donna aveva accennato un saluto con la mano, gli uomini erano rimasti immobili. Renato aveva detto: Ci fermiamo Concettì? Vediamo se ci offrono un bicchiere?

Aaahhh mò non cominciare Renato, non ci ho voglia mò di mettermi con 'sti zingari, tira dritto, non ci ho proprio voglia.

E vabbuo', diceva lui, con l'aria di chi deve darle sempre tutte vinte alla signora moglie.

Io avevo cercato di imprimere bene nella testa quella visione, che a volte mi pareva di avere solo sognato, quegli uomini e quelle donne, quei bambini che si muovevano liberi in mezzo agli animali avevano suscitato in me un'immensa curiosità per quel popolo bizzarro. Allo stesso tempo avevo registrato il disprezzo e anche l'ansia nella voce di mia madre quando Renato aveva proposto di fermarci a prendere un bicchiere con loro. E in qualche modo mi ero detta che se papà arrivava da quella tribù di Apache finiti nel Molise, pure io dovevo avere a che fare con quel popolo che vive all'aria aperta, dentro le roulotte e le casette fatte con le portiere di automobili, insieme alle caprette e alle galline. Avevo anche capito dalla voce di mia madre che era meglio non farne parola con nessuno però, era meglio non aggiungere altri elementi di stramberia, sapevo già molto bene quanto ci considevano diversi e strani al Nord Italia, già solo perché loro due non erano nati lì e parlavano con un accento completamente diverso. Avevo pensato che se si fosse saputo che avevamo anche a che fare col popolo delle roulotte e delle capre davanti casa, con gli apache del Molise, sarebbe stata la catastrofe!

Gli zingari tornano spesso nei miei sogni, mi ricordo che una decina di giorni prima che papà morisse avevo proprio sognato un gruppo di donne zingare disperate, in lacrime, una di loro mi rivolgeva la parola e mi spiegava: Stiamo piangendo perché è morto il bandito Giuliano!

Al risveglio avevo subito pensato a Renato, ma poi avevo scacciato l'idea, troppo dolorosa per essere presa in considerazione.

# 21.

Un paio d'anni fa vengo invitata a fare una presentazione del mio nuovo romanzo da un circolo di lettori in Piemonte. Vado lì piuttosto rilassata, anche se le presentazioni e gli incontri non sono il mio forte, anche se preferirei farne a meno, vado. Ho messo a punto un paio di discorsetti per ogni libro. Per esempio, se mi chiedono: ma la scrittura è più questione di talento o di lavoro? dico che il lavoro è importante, ma sei non hai una vera ispirazione ti ritroverai sempre col culo per terra. Puoi faticarci quanto vuoi, ma se la scrittura non ti scorre nelle vene, degli alberi saranno stati inutilmente abbattuti. Se mi chiedono come si diventa scrittori, in genere calco la mano e dico che scrivere è qualcosa a cui non ti puoi sottrarre, non lo decidi tu, è una specie di grazia o di maledizione che non avrà mai fine.

Quel pomeriggio di giugno, vado all'appuntamento coi lettori del circolo a cuor leggero, è iniziata l'estate, attraverso in treno la campagna piemontese, mi ricorda la mia giovinezza, quando venivo a trovare i miei amici torinesi durante gli anni dell'università, mi sento piena di speranza, senza un vero motivo. Prima dell'incontro mi metto a chiacchierare con un paio di ragazze carine, sono mie lettrici, sono simpatiche, le invito al bar a prenderci un paio di birre. Tiriamo giù i nostri bicchieri e poi cominciamo. Una donna giovane mi introduce e parte con le prime domande. Io capisco che almeno un paio di miei libri, forse anche quattro o cinque, se li è letti. Mi sento a mio agio.

Partiamo dai miei primi romanzi, mi dicono che tutti i miei personaggi sono sempre ai margini. C'è un centro, c'è un posto da qualche parte dove stanno le persone a cui le cose vanno bene, dove stanno quelli coi vestiti buoni, coi lavori e con le famiglie normali, e poi ci sono i miei personaggi che stanno sempre ai margini rispetto a tutto questo.

Vero! dico io e poi comincio a parlare di Genova e di Albisola e della nostra banda di babanette, degli anni '70. Parlo e vado avanti a raccontare come questa marginalità sociale per me è necessario renderla con una sintassi e una grammatica sporche, un po' storte e scalcagnate. Parlo delle avanguardie, di Sanguineti e di Gertrude Stein. Tutto fila liscio, io, quando posso parlare di sovversione sintattica e di rotture grammaticali, sono contenta, vado avanti e non mi fermo.

Un lettore chiede di intervenire, dice che sta leggendo un mio libro di una decina di anni fa. È la storia dell'incontro, dopo molti anni di assenza, di una figlia e suo padre che l'aveva abbandonata durante l'adolescenza. Ora lui è piombato a Parigi, dove la figlia vive. Il padre si chiama Renato e ha molti tratti ispirati a mio padre. Così comincio a parlare di loro due, della figlia che è una disadattata, che è stata qualche tempo in un centro di igiene mentale e ora vive con una sua amica più matta di lei, conosciuta in un gruppo di terapia. E poi parlo di Renato personaggio, delle cose divertenti, vitali che trovo in lui, dell'anarchia esistenziale, della sua ricerca di libertà. Di ciò che di buono lui ha trasmesso alla figlia, forse suo malgrado, ma anche delle ferite profonde che le ha causato.

Il lettore ribatte dicendo di essere forse un po' borghese, non abbastanza artistico, di temperamento, ma che trova questo personaggio del padre un tipo parecchio egoista, uno stronzo inqualificabile.

Ok, faccio io, e non so perché lo dico, questo personaggio è ispirato a mio padre, e forse hai ragione, è così, è uno stronzo egoista. Resta il fatto che è stato lui il padre che mi è toccato e ho dovuto arrangiarmi come ho potuto per salvare quello che riuscivo a salvare di lui, e dell'amore infantile che un tempo avevo per lui. Il lettore ci resta secco.

Quando l'incontro è finito e alcune persone vengono a chiedermi una dedica, lui si avvicina, è imbarazzato e confuso, mi dice: Ti chiedo scusa, non pensavo che fosse ispirato al tuo vero padre... sono desolato!

Io penso una cosa che si dice a Napoli, che a volte la toppa è peggio del buco, glielo dico. Quello che il tipo ha appena detto, le sue parole di scusa, mi hanno fatto un male cane. Ecco qua, eccola qua la mia storia, c'è sempre qualcuno, un *normale* che arriva a dirmi che testa di cazzo è mio padre, e che cosa assurda sia avere un padre come il mio e che resta poi anche stupito, a volte esterrefatto, sapendo che sono sua figlia. Ancora una volta, anche se non sono più una bambina solitaria e incazzata col mondo, la vita mi ricorda sempre chi sono, e da dove vengo, e quello che mi porto dentro.

# 22.

Mi telefona mia madre, mi dice che Renato ci ha lasciato una piccola eredità, aveva aperto per conto suo un libretto di risparmio alla Coop dove aveva depositato ottomila e quattrocento euro, aveva lasciato scritto che cinquemila euro erano per mamma, e il resto era da dividere fra me e Nic in parti uguali. Aveva specificato che cinquemila simbolizzava i loro cinquant'anni di matrimonio e a noi lasciava millesettecento perché il 17 porta fortuna (io sono nata il 17 ottobre). Mi invade una tenerezza struggente. Renato che ha sempre avuto le mani bucate, che aveva sempre disperso nel nulla tutto quello che guadagnava, era riuscito a risparmiare una piccola cifra e a metterla da parte, come al riparo da se stesso. Questi millesettecento euro che ha lasciato a noi figli mi sembrano un regalo grandioso, come se ci avesse lasciato un castello.

Mi viene in mente quando nelle giornate d'estate vedevo che cominciava a carezzare le braccia di mamma e a guardarla in un certo modo, poi mi allungava qualche soldino dicendomi, Rossanì, non vai ai giardini? Non te lo vai a prendere un gelatino che mò mamma e papà si fanno un bel riposino? Mia madre faceva finta di essere scocciata ma si capiva invece che era proprio felice e io trottavo giù per le scale contenta per la prospettiva del gelato e anche perché quei momenti fra loro due coloravano di allegria il mondo.

Un altro ricordo, l'estate che mi avevano proposto di andare in colonia con le suore in Piemonte, a Sampeyre, ci andavano molte mie compagne di scuola e mia madre aveva deciso che dovevo provare anch'io. Questa volta avevo capito che dovevo fare uno sforzo, superare l'angoscia che mi prendeva a separarmi da loro, a staccarmi da quei due e ritrovarmi in un ambiente sconosciuto, con le suore, perdipiù. Ci avevo provato. Mi ricordo che tutte le notti quando spegnevano le luci nel camerone pian piano sentivo le altre bambine che cominciavano a piangere sommessamente, poi al mattino chiedevo: Perché piangevi stanotte? Io? No, niente, guarda che ti sbagli.

Io non piangevo ma quel posto non mi piaceva, non mi andava che ci obbligavano a stare sempre insieme, a fare tutto insieme, le docce, mangiare, dormire, le passeggiate e poi le preghiere tutti i cacchio di giorni! Non piangevo ma non mi facevano simpatia né le suore né le bambine sconosciute con cui mi spingevano a diventare amica.

Un pomeriggio che eravamo andate in paese ci avevano detto che potevamo comprare le cartoline da spedire alle nostre famiglie, ho preso una cartolina che rappresentava un tramonto sul monte Bianco e ci ho scritto: Qui è una merda! Si sta troppo male! Venitemi a prendere il più presto possibile, vi scongiuro!

Pochi giorni dopo Renato era arrivato!

Avevo saputo che avevano litigato, che mamma sosteneva che dovevo imparare a tenere duro e superare quei primi giorni, che era normale che all'inizio ci stessi male ma che dovevo abituarmi a fare le cose che facevano le altre bambine della mia età. Renato non ce l'aveva fatta, una mattina si era messo in macchina, aveva macinato centinaia di chilometri e alle sei di sera aveva fatto il suo ingresso nella sala dove stavamo facendo merenda dicendo: Oh Sorella pace e bene, devo riprendermi Rossana perché la mamma è ricoverata in ospedale, niente di grave, però preferiamo riavere nostra figlia con noi.

Ricordo l'irruzione di Renato nella sala dove mangiavamo, erano rimaste tutte a bocca aperta, le suore e le altre bambine, io ero schizzata nel camerone a preparare il mio zaino, avevo salutato velocemente tutte con la mano e ero zompata sulla J4 di papà. Durante il viaggio mi aveva detto: Ma che non ti ci trovavi bene con le cap' e pezza?!

E no! avevo detto io.

Eh, come all'asilo, hanno sbagliato a riprovarci. Tu non ti ci trovi bene con le cap' e pezza.

Proprio così!

Tu sei come papà, noi ci abbiamo una specie di allergia per le preghiere, le chiese e per chi ci vuole comandare, è vero o no Stellì?

# 23.

Due anni fa, ottobre. Mi telefona mio fratello, spesso è lui che mi chiama per annunciarmi casini in vista coi nostri vecchi, mi dice, Guarda, mamma non voleva dirtelo per non farti preoccupare, perché stai lontana eccetera, ma io te lo dico, dovresti venire Ross, nostro padre è uscito di testa, dà i numeri.

Cosa significa è uscito di testa?

Non riconosce più le persone, parla coi morti, parla con sua madre, con zio Vittorio, con zia Checchina. Poi ogni tanto diventa furioso e scalcia come un cavallo pazzo, tira botte, calci e pugni a mamma, devi venire Ross, io da solo non so se reggo.

Ok, ho detto e con un magone della madonna ho fatto un biglietto per Genova. Quando sono arrivata ho avuto paura di crollare. Il nostro vecchio imbizzarrito come ai tempi delle crisi più gravi, non so se lo reggo. Pian piano, con gli anni, avevo pensato che il peggio ce lo eravamo lasciato alle spalle, che il peggio era passato. Renato era diventato vecchio, era diabetico, aveva rallentato moltissimo col bere, aveva una vita piuttosto tranquilla, ogni tanto con mamma andavano ancora nei locali dell'entroterra ligure dove si lanciavano in balli sudamericani, rumba, salsa e cha cha cha. Fino a quando non era stato operato ai piedi e gli avevano portato via un po' di dita, erano andati quasi ogni sabato sera a ballare, avevano fatto anche delle gare, si erano piazzati bene, un paio di volte al secondo posto, avevano vinto coppe e medaglie e altri premi in palio. Lui sbevazzava un po', anche se il suo medico era stato drastico, come sempre: Tu Renato, con l'alcol devi fare come se non esistesse più sulla faccia della terra, sennò addio, sei un uomo morto!

E lui come sempre aveva detto sì sì, grazie dotto', e dentro lo aveva mandato a farsi fottere, si era toccato le palle, e aveva ripreso la sua solita vita, la vita di Reian, che nessuno gli deve scassare 'a uallera. Così qualche bicchiere in compagnia se lo faceva sempre, mia madre chiudeva un occhio, lo sgridava, lo minacciava con cautela, ma ci stava, perché non aveva più la sbronza cattiva, la sbronza pesante, quella che lo faceva andare via di testa, quella che ci costringeva a scappare via di casa a qualunque ora del giorno o della notte.

Insomma, prima di questa crisi sul fronte Renato eravamo tutti abbastanza tranquilli. Ci eravamo quasi rilassati, ci eravamo cullati nell'idea che a ottant'anni Renato era diventato quasi un padre normale, un vecchino un po' sballato, ma tenero, amabile.

Quando sono entrata a casa ho fatto un grande respiro, mi sono detta: ora vecchia mia devi tenere duro. Avevo deciso di andare soprattutto per non farli sentire soli, mia madre e Nic. Prima di aprire la porta della loro camera da letto mi ero detta, ok, se diventa troppo pesante vederlo fuori di testa, se è troppo dura, te ne vai, non rimani lì, non voglio più subire questo genere di cose.

Appena ho aperto la porta lui si è girato verso di me, ho visto un lampo nello sguardo, forse di pazzia, forse di allegria, non ho saputo decidere cosa c'era nello sguardo di mio padre. Poi mi ha sorriso, col sorriso di sempre, Uè tu qua stai! E come sei arrivata! mi ha detto.

Ciao pa', come butta allora? Che combini?

Eh, Mariannì, non va bene, non va proprio bene, ve l'avevo detto che non ci dovevo andare a Forcella, ve l'avevo detto di non cacarmi troppo il cazzo e voi niente, a insistere, sempre a insistere, là ci stavano ancora i tedeschi, quelli stronzi di tedeschi, ma perché ci dovevo andare proprio io che sono il più piccolo!

Ok, ho detto. Papà era su un altro pianeta, mi stava chiamando col nome della sorella morta, era il pianeta dove l'avevo già visto migrare in passato, il pianeta popolato dai parenti e dagli amici della sua infanzia, il pianeta abitato da nonna Regina e zio Lillino e zio Vittorio, da Peppiniello, Mimì e Fortunato e da Lucio Russo e dai soldati tedeschi e da quelli americani.

Eccomi di nuovo di fronte alla pazzia di mio padre, alla guerra e ai dolori atroci che deve aver subito, lui come tanti altri bambini e ragazzini della sua generazione.

Mi è venuto un groppo in gola, un groppo della madonna, non volevo farmi vedere piangere né da lui né da mamma e da Nic, ero lì per dargli una mano, per sostenerli, non volevo che si preoccupassero anche per me. Ho aspettato qualche minuto, poi ho detto vado un momento al bagno.

Mi sono chiusa a chiave e le lacrime hanno preso a scorrermi sulla faccia, ho cercato di piangere in silenzio, senza farmi sentire, ma era molto tosta vederlo di nuovo stare male e vedere che non mi riconosceva. Sapevo che sarebbe stata dura ma non immaginavo così dura. Dopo un po' ho tirato lo sciacquone del cesso, mi sono lavata la faccia, mi sono soffiata il naso con la carta igienica, ho cercato fra i cosmetici di mia madre qualcosa per nascondere il naso rosso, gli occhi gonfi. Ma c'era solo del fondotinta e dei rossetti. Al diavolo, ho detto, e sono tornata da loro tre.

La fortuna lo ha sempre accompagnato a mio padre, in fondo. Lo diceva spesso anche lui, è sempre riuscito a trovare un bravo medico, una terapia sperimentale, un angelo custode, qualcosa che lo strappava alla morte all'ultimo momento. (Diceva: Quello è il mio angelo protettore, è san Michele arcangelo, patrono degli ex sceriffi 'mbriaconi come me). E anche questa volta, a modo suo era stato fortunato. Mia madre non sapeva che fare, se avesse chiamato un'ambulanza, lo avrebbero ricoverato in psichiatria, ma avrebbe retto lui a un ricovero in psichiatria? A ottant'anni, diabetico, fragile, reduce da vari interventi, con le dita dei piedi che avevano ancora bisogno di cure quotidiane e della massima attenzione? Anna, la compagna di mio fratello, psichiatra, aveva chiesto al suo capo (che era psichiatra e diabetologo) se poteva passare a casa dei miei a dare un'occhiata a Renato. Il dottore era arrivato, gli aveva fatto una lunga visita e poi ci aveva detto che secondo lui si trattava di un evento passeggero, un episodio, aveva detto, lui non lo avrebbe fatto ricoverare in psichiatria, secondo lui era una crisi di depressione ansiosa, gli aveva prescritto degli psicofarmaci e pian piano, nel giro di alcune ore, il cavallo pazzo che era entrato nel corpo e nella capoccia di Renato lo aveva abbandonato.

Aveva dormito tutto il pomeriggio, la sera si era svegliato, avevamo mangiato una minestrina tutti insieme, seduti con le sedie intorno al letto, col piatto in mano e un tovagliolo sulle gambe. Lui era silenzioso, tristissimo, ma era tornato fra noi. Ci aveva chiesto scusa, voleva sapere cosa aveva detto, cosa aveva combinato. Rena', lasciamo perdere, aveva detto mamma. Lasciamo stare, mò l'importante è che stai meglio, ci ha fatto prendere una paura!

Ero andata a dormire a casa di Nic, la mattina dopo ero tornata a salutarlo, mi ero detta che volevo chiedergli qualcosa, non sapevo bene cosa, ma avevo voglia di parlargli sul serio, non le solite frasi che usavamo sempre con lui dopo una sua crisi, o dopo una sbronza dura, o dopo una delle sue tante cazzate. Volevo sapere qualcosa, questo mi ero messa in testa. Così l'ho salutato, gli ho dato un bacetto sulla fronte, ho preso una sedia e mi sono seduta vicino a lui, dalle coperte usciva solo la testolina rotonda da uccellino, i pochi capelli ricci, grigio chiari, ho sentito una botta di tenerezza allo stomaco. Eccolo qua, ancora una volta ce l'ha fatta, si è tirato fuori, o meglio è stato tirato fuori dall'inferno. Gli ho detto, Papà, ci fai venire sempre dei colpi tu!

Eh lo so, lo so Rossanì, io vi chiedo scusa, ma sai la capa di Renato è così, ogni tanto non mi accompagna, ogni tanto va in sciopero, dà forfait!

Oh papà, cristo santo.

Rossanì, io ti prometto che mò d'ora in poi ce la metterò tutta, mi ci metto d'impegno a stare bene.

Ma cos'è successo? Cos'è che ti ha fatto star male questa volta?

Eh... non lo so... forse tutte queste altre operazioni, il bypass alla gamba, le visite, i piedi scassati, il dottore, la dottoressa a Milano, 'ste cazzo di flebo, aeeee... è fregato il ciuccio, mi sono detto!

Papà, senti una cosa, me la dici una cosa, sinceramente?

Sì, certo Rossanì.

Com'è che hai cominciato a bere? Cioè, com'è che hai deciso di sfondarti con l'alcol, quando eri giovane, te lo ricordi?

Eh, sì, come no,

E me lo dici?

Eh, certo, anche se questo non mi fa tanto bene, a ricordarmelo.

Lo so,

No, ma mò papà te lo dice,

...

Ecco, mi ricordo che stavo giù, un periodo, subito dopo sposati, con mamma stavamo bene, andavamo a ballare, andavamo a fare la festa nei locali, ma io mi sentivo certe cose dentro che mi toglievano ogni allegria, mi arrivavano certi cazzi di pianti che mi facevo d'improvviso, di nascosto da tutti, mi prendevano a tradimento. Di colpo, vedevo qualcosa che non mi piaceva, o qualcuno mi faceva una lavata di capa, sai 'sti stronzi di militari, mi offendevano, mi umiliavano, e io di colpo, non capivo più niente, mi prendevano dei pianti che non finivano più.

E così?

E così, ho cominciato a vedere che se mi facevo un bicchierino di whisky, le cose andavano meglio, mi sentivo subito meglio, mi sentivo più forte, mi veniva voglia di andarmene in giro a testa alta, e se qualcuno mi diceva qualcosa, ci rispondevo per le rime, se mi scassavano le palle, gli tiravo pure un cazzotto. Mi sentivo un campione.

E allora?

E allora, so' sessanta minuti!

Dai pà!

E allora ho capito che quando ero triste e mi veniva da piangere come 'nu pazzo, bastava che bevevo e mi sentivo forte e nessuno mi scassava più la minchia. E così ho continuato a bere, no.

Ah be', certo, è logico.

E che dovevo fa', scusa? Dovevo continuare a piangere come una fetecchia?

Ma non potevi vedere qualcuno, parlarne con qualcuno?

E con chi caspita potevo parlare? Una volta lo dissi a Domingo, il mio amico fraterno, ci dissi: Sai Domì, certe volte mi sembra che non ci sto con la capa, certe volte mi verrebbe la voglia di piangere tutte le mie lacrime, e certe altre di spaccare la faccia a tutti.

E lui?

E lui, niente, lui mi diceva, me' Renatuccio, abbi pazienza, non ci pensare troppo a 'ste cose, fatti un bicchierino e vedi che ti passa la paura!

Così ti diceva?

Eh, hai capito?

Sì.

E quindi io che dovevo fa', me lo dici?

# 24.

Il giorno del mio cinquantesimo compleanno. Lui sta già male, lo sento al telefono, mi fa gli auguri, gli dico come stai pa'? Eh, come sto, non va, Stellì, questa volta mi sa che ci lascio le penne, mi sa che Renato è fregato!

Ma dai, pà, lo sai che tu hai un sacco di vite di riserva, come i gatti, lo sai che ce la fai sempre.

Eh, speriamo.

...

Tanti auguri Stellì.

Grazie pa'... ma sai una cosa? io questi cinquant'anni, non me li sento per niente!

Ah, è che ti senti?

Io, mi sento tipo una ragazzina, mi sento come se avessi undici anni, o dodici.

Ma veramente?

Sì, non mi sento una donna, anzi peggio, una signora!

Ah!

Proprio così, pà!

Ma mò, Rossanì, non è che sei una minorata mentale?

Mi aveva fatto ridere, anche quando stava male, con pochissime energie, Renato era sempre Renato.

Due giorni dopo il funerale me ne sono andata in giro per Savona, la città mi è sembrata peggio di come la ricordavo, c'era un'aria cupa, desolata, dopo aver girato un po' mi sono ritrovata davanti a un cinema, avevo deciso di andare a vedere un film per far passare il tempo, ce n'era uno di un comico italiano che normalmente non avrei mai visto, ma era l'unico che cominciava subito, ho preso il biglietto e sono andata a sedermi nella sala buia. Appena comincia mi rendo conto che è la storia di un padre e di suo figlio. Lui è un padre meridionale che vive al Nord, è un fanfarone, perde il lavoro, è sempre senza una lira, fa i debiti, è bugiardo, contapalle e inaffidabile. Il bambino invece è molto intelligente e razionale, a scuola ha ottimi voti, fa dei ragionamenti da adulto e sgama subito tutto le balle del padre, sa benissimo che non potrà mai contare su di lui. Eppure, lo ama. Il film non è granché, una comicità un po' piatta e facile, però c'è una scena che mi colpisce diritta al cuore. Il bambino si è scocciato della vacanza col padre che lo costringe a stare in un paesino del Molise con una vecchia zia mezza matta, chiede di essere portato via, vuole andare in vacanza coi suoi amici e il loro padre normale, che ha prenotato una vera vacanza. Il padre fanfarone accompagna il figlio all'imbarco dei traghetti per la Sardegna, gli sorride, lo lascia andare. Poi resta solo in auto, due lacrime scorrono dietro gli occhiali da sole. Di colpo, il bambino picchia contro il vetro dell'auto, gli sorride, pa', sono qui! All'ultimo momento ha rinunciato alla sua vacanza normale, alle persone normali. Ha scelto di restare col padre testa matta, il padre sfigato e contapalle.

In pochi momenti, ho rivissuto tutto, ho risentito tutto quello che ha significato per me avere mio padre come padre. L'allegria, l'apertura, l'anarchia, la tenerezza, la forza di essere diversi, e mescolato a tutto questo, il suo rovescio, la paura, l'angoscia profonda di essere quello che eravamo e di non essere come gli altri, di non stare dalla parte dei *normali*. Di quelli che hanno un vero lavoro e non lo perdono, di quelli che non fanno i debiti coi negozianti. Che non portano i figli nelle bettole che odorano di fumo, di vecchi e di piscio.

# 25.

Sono passati quaranta giorni da quando papà non c'è più. Ho fatto altre due presentazioni del mio libro e un'intervista alla televisione, mi sono detta che la mia vita sta continuando e che tutto sommato sto elaborando piuttosto bene la mancanza di Renato. Di colpo, nel pomeriggio, mentre sto lavando i piatti nella mia cucina, un'angoscia che mi stringe lo stomaco, mi toglie il respiro. Arriva anche una sensazione di pericolo, qualcosa come una catastrofe in agguato. Cosa significa tutto questo? Mi dico che forse non avrei dovuto accettare di fare le due presentazioni, gli incontri coi lettori, l'intervista alla tivù, non avrei dovuto tirare fuori la faccia buona, le frasi per raccontare qualcosa di me, della mia vita, a persone sconosciute. Porca miseria, ho sbagliato tutto ancora una volta, ho toppato di brutto. All'improvviso arrivano le lacrime, uno scoppio inaspettato, qualcosa comincia a sciogliersi dentro, continuo a lavare i piatti e piango, mi dico: sei sempre la solita, ti illudi di poter fare le cose che fanno gli altri, i normali, e poi la paghi. Ti illudi di esser come quelli che sanno fare le cose e poi non sei capace. Mentre piango, un senso di solitudine profonda, totale. La sensazione che sono stata lasciata sola nell'universo. Mi metto a parlare con Renato, gli dico, Ecco papà sei sempre il solito, ecco qua, mi hai mollata da sola un'altra volta, mi hai lasciata da sola nella terra dei visi pallidi. Gli dico, Sei sempre lo stesso, inaffidabile, non ci posso mai contare su di te. E io, ora come faccio da sola, come faccio senza di te, eh? come cazzo faccio pa', me lo spieghi?

Non lasciarmi sola quaggiù pa', io non sono attrezzata per stare al mondo senza di te, senza nemmeno più uno della mia tribù, senza nemmeno più un apache, uno zingaro, io non conosco la lingua biforcuta di questi visi pallidi, io non penso come loro, non vivo come loro, non sento come loro. Per me non sono importanti le cose che a loro interessano, io non li capisco proprio sai.

Papà, dammi una mano, dammi una dritta da dove ti trovi, dimmi una cavolata delle tue per cavarmela ancora un po' di tempo quaggiù.

Continuo a piangere come una bambina piccola, a parlare con lui, e a lavare i piatti.

La sera, inizio a leggere *La vie devant soi* di Romain Gary. Attacco e vado avanti per due o tre ore, la storia dell'orfano Momo mi tira dentro, questo bambino arabo senza più genitori, tirato su insieme ad altri bastardini da Madame Rosa, una ex puttana ebrea reduce da Auschwitz, mi sta prendendo per mano. Momo sa di non avere nessuno che tiene davvero a lui, sa che Madame Rosa si occupa di lui e degli altri piccoletti solo perché riceve dei soldi per farlo. Quando Momo entra in un bar di Belleville e chiede a un vecchio arabo: Monsieur Hamil, si può vivere senza amore? Il vecchio beve un altro po' di tè alla menta e non risponde. Lo guarda in silenzio e Momo insiste con la sua domanda. Allora Monsieur Hamil parla: Sì, dice, e abbassa la testa, come se si vergognasse. Mi sono messo a piangere, dice Momo.

## 26.

Per Natale, sono tornata ad Albisola. Ha piovuto il 24, il 25 e il 26 dicembre, una pioggia fitta, continua, il comune ha anche lanciato l'allerta, c'è la possibilità che il fiume Sansobbia esca fuori dagli argini. Questo nostro Natale senza di te è tutto un po' sballato, sembra che ancora non ci riusciamo a credere che non ci sei, non riusciamo a sentirlo fino in fondo, ci manchi così tanto che forse non riusciamo nemmeno a dircelo, quanto ci manchi. Non parliamo di te, non diciamo niente, neppure una frase dove potrebbe entrare il tuo nome, o un ricordo di te. E così con Nic ci diciamo che noi il Natale lo odiamo, che lo detestiamo proprio, con tutti i suoi pranzi costretti e i suoi regali forzati. Anche se questo è un Natale di sicuro più calmo e rilassato di tanti Natali del passato, anche se non abbiamo paura che ti ubriacherai e andrai in giro a fare casini, non va bene lo stesso, ci sentiamo tutti un po' storti, un po' scazzati, un po' stonati. Il fatto è che ci mancano le tue battute, le tue frasi, i tuoi ricordi d'infanzia, le tue tristezze e le allegrie sempre sparate a mille, sempre troppo sopra le righe. Sono andata a aprire l'armadio, ho guardato veloce veloce, per un momento, le tue cravatte, le camicie e il tuo vecchio montgomery. Ho guardato il tuo lato del letto. La tua sedia dove avevi messo un cuscino con scritto F.B.I., poi mi sono seduta sul lato del divano dove ti sei sempre seduto tu.

La sera del 24, non ce la facevo più a stare in casa, sono uscita a camminare nel freddo e nella pioggia, non c'era nessuno in giro. Ero l'unica ad andare in giro per le strade buie. Ti somiglio così tanto pa'? Chissà se ti manco, se ti manchiamo nell'angolo dell'universo dove forse sei. Mentre cammino mi dico che non c'è niente da fare, ho cercato di assomigliarti il meno possibile, ma ti somiglio troppo, non mi escono mai i sentimenti giusti, le cose giuste, educate, la faccia buona da tirare fuori con le persone in certe occasioni. Quando sono con gli altri mi esce sempre lo scazzo, il fastidio, il nervoso, l'impazienza. Mi esce sempre questo tipo di roba, e sto bene nei bar e mi stanno sul culo gli obblighi sociali, le formalità, i sorrisi di circostanza, tutto quello che è fasullo, artificiale, leccato, mi stanno sul culo i normali, i precisini, i cacacazzi. Li patisco. E quello che ho dentro, lo tiro fuori solo quando scrivo.

Sono arrivata sulla passeggiata, ho guardato le onde scure del mare, il buio tutt'intorno mi ha dato un senso di pace. All'orizzonte le luci delle navi che si allontanano dal porto. In quel momento ho sentito che Renato davvero non c'è più. Non posso più vederlo, non posso più parlargli, non posso più telefonargli. Cazzo pà, allora sei andato via davvero! Di colpo, una fitta di rimpianto per non essergli stata accanto nel momento della morte, e per tutti gli anni che ho vissuto lontana. Mi dispiace non averlo salutato, mi dispiace che sia morto da solo, con la ragazza che faceva la notte accanto a lui in ospedale. Però sono contenta che così posso ricordarlo da vivo, e voglio ripensare all'ultima volta che ci siamo visti, che avevamo chiacchierato, e poi lo avevo salutato dicendogli, mi raccomando pa', lo sai che ti vogliamo bene! E lui aveva risposto: Sì sì, Rossanì, mò mi tiro su, vedrai che pure stavolta ce la faccio! E aveva sorriso, sguardo allegro e malinconico e un po' da sfottimento di tutto e tutti, molto renatesco.

Mi è venuta voglia di bere qualcosa di caldo, sento i piedi freddi, l'umido nella schiena. Sono entrata al bar Ghersi, c'erano un po' di vecchietti che giocavano a tombola, ho chiesto un tè, sono rimasta lì sentendo forte questa mancanza, forse perché le navi all'orizzonte le abbiamo guardate tante volte insieme quando ero bambina. Resto lì a rimuginare e a osservare le facce simpatiche dei vecchini liguri, mi sono sempre trovata bene coi vecchi, i poveracci, gli scoppiati. Mentre rimugino su questo e rimescolo col cucchiaino dentro il mio tè, di colpo gli altoparlanti del bar sintonizzati su una radio genovese, Radio Babboleo, trasmettono una canzone diversa dal genere che stavano trasmettendo fino a quel momento, è una canzone che mi lascia a bocca aperta. Mi dico che forse sto sognando, oppure comincio a dare i numeri, eppure no, la canzone che sta uscendo dalle casse è proprio quella, *La lontananza sai è come il vento... che fa dimenticare chi non s'amaaa...* ed è Mimmo Modugno che sta cantando.

E allora ti ho sentito pa', mi hai mandato un messaggio, ce l'hai fatta! L'ho sentito nello stomaco, eri tu e mi stavi dicendo qualcosa, attraverso una delle tue canzoni preferite. Mi stavi dicendo che anche se ora siamo lontani non ci dimentichiamo, e che ci vogliamo sempre bene. Mi stavi dicendo che non ti sei dimenticato di me, che non mi hai lasciata qui sola fra questi visi pallidi, l'ho capito pa'. Be', neanch'io ti dimentico.

# Sommario

SILVANA GANDOLFI

# I PIÙ DESERTI LUOGHI

Olga Misurati, una donna di quarantasette anni, è scomparsa nel nulla da oltre due settimane. Il portiere del suo palazzo, preoccupato, rintraccia uno zio. L'appartamento è deserto: Olga ha lasciato solo una valigia aperta, come se stesse per partire per chissà dove, e un diario, dove racconta i suoi ultimi mesi. Solitaria, dimessa, ha dedicato tutta la sua vita al fratello, Leandro, con cui vive nella grande casa di famiglia: dopo la morte della madre, devastata dalla depressione, il padre si è rifatto una vita in Australia. Olga accudisce il fratello disabile e quasi cieco, risvegliatosi per miracolo da un coma durato dieci anni. Fra le tante stanze disabitate dell'appartamento, dove regna un «silenzio plumbeo e misterioso», una in particolare racchiude un universo segreto. Dietro una porta blindata, nascosta a sua volta da un vecchio arazzo, si trova la «sala gialla», dove nulla può filtrare dal mondo esterno. È un luogo magico, un tempio dell'interiorità, dove spira «un alito freddo» e indefinibile, l'oro delle tappezzerie sbiadito dal tempo. È qui che Leandro si trasforma: investito da una sorta di potere sciamanico, coinvolge la sorella nel «Gioco», in cui evoca paesaggi illusori ma estremamente vividi. Ma cos'ha spinto Olga alla fuga? Quali segreti ha affidato alle pagine del suo diario? Cosa nasconde il rapporto morboso tra fratello e sorella? Silvana Gandolfi, già affermata autrice di libri per bambini, esordisce con un noir psicologico di rara intensità, fra ambienti goticamente moderni, teatro di solitudini irrimediabili, quotidiane. Sono i «più deserti luoghi», dove vagano anime senza speranza, perennemente in bilico fra ricordi, presenze impalpabili, lucidi deliri: in fondo, «la pazzia non è che un modo oscuro di dire verità profonde».

SIMONE CALTABELLOTA

# UN AMORE DEGLI ANNI VENTI

Questa storia non è mai stata raccontata.
È la storia dell'amore tra una grande scrittrice e un giovane mago, ma è anche il racconto di una complessa trama di relazioni, intrighi, rancori, disegni politici, tradimenti intellettuali, tradizioni iniziatiche e pratiche magiche. Una trama che, attraverso le vicende di due amanti, ruota intorno al misterioso «Gruppo di Ur» e alle figure di Julius Evola e del matematico pitagorico Arturo Reghini, e si svolge nei luoghi e negli ambienti più diversi, tra salotti, caffè, palazzi nobiliari, stanze in affitto, biblioteche, commissariati di polizia, aule di tribunale e associazioni teosofiche.
È la storia di Giulio Parise e Sibilla Aleramo e della Roma degli anni Venti, di un amore grande e strano che sfida le convenzioni e l'oblio, e di un drappello di uomini che, insieme a Giulio, crede fermamente in una antica e magica Sapienza pagana alle origini della civiltà italica e dell'intera cultura occidentale...
*Un amore degli anni Venti*, frutto di lunghe ricerche, è un libro senza paragoni nell'odierna scena letteraria, allo stesso tempo affascinante narrazione, saggio storico e letterario, diario spirituale e ossessione personale. Attraverso una notevole messe di scritti inediti della Aleramo e degli altri protagonisti, conduce il lettore alla scoperta di una pagina dimenticata della nostra storia culturale e riesce a far rivivere un mondo sconosciuto e arcano.

DANIELA RANIERI

# MILLE ESEMPI DI CANI SMARRITI

Cosa si fa quando la passione sfiora la vita e non si sa trattenerla con sé? Quale salvezza c'è per chi vive nella cieca ipocrisia del privilegio? Sono le domande che assediano Antimo, «proletario» che vive con la borghese progressista Luciana in una ricca casa di Roma nord, teatro di quotidiane nevrosi. Sul suo terrazzo si intrecciano odi e amori nel torbido, comico, tenero e indecifrabile tessuto delle relazioni umane. Una vita coniugale irta di spini, una figlia amata che studia all'estero, il rapporto impossibile col sesso e infine un incontro che lo incanta e lascia un segno indelebile nella sua vita. Proprio su questo terrazzo, Antimo ha infatti visto l'ombra della grazia, incarnata in Franca, anche lei di umili origini, stupenda figura di eroica solitudine e fragilità. Da allora ricerca quella bellezza ineffabile, in un continuo srotolarsi di situazioni tragiche e comiche in cui protagonisti sono gli amici di Luciana, artisti e professionisti, politici e rentier, personaggi privi di scrupoli, vincenti, ricchissimi, disabili morali, sfiorati dalla tragedia del terrorismo eppure graziati da una frivolezza congenita, ossessionati dal cibo e da una distorta coscienza politica. E nel mezzo di questo carnevale che inanella scene irresistibili, rifulge l'immagine dell'amore e della felicità perduta. Alla sua terza prova, Daniela Ranieri ci consegna un libro vertiginoso, commovente ed esilarante, pieno a ogni pagina di impareggiabile immaginazione, che potrebbe rivelarsi un classico del nostro tempo.

CRISTIANO DE MAJO

# GUARIGIONE

La scoperta della paternità, i primi anni di vita di due gemelli, il marchio incerto di una malattia genetica che potrebbe svilupparsi in una forma grave o leggera, o anche scomparire lasciando solo poche tracce sulla pelle, e poi Napoli e l'Italia, le ambizioni artistiche e i bisogni economici borghesi, la storia di una coppia e di una generazione. In questo libro di impronta autobiografica e di grande forza narrativa, i fatti quotidiani, sia ordinari che straordinari, diventano l'occasione per riesaminare la vita nel suo complesso: di fronte alla malattia, nel passaggio dalla condizione di figlio a quella di padre, ogni valore viene riconsiderato, il passato e il futuro assumono nuovi significati, la speranza della guarigione (le diverse guarigioni di questo libro) acquisisce un nuovo senso. Dolore e felicità; paura e aspettative; amore e responsabilità; destino e caso: con un rigore a tratti quasi spietato, il neo padre, partendo dalla propria esperienza, incrociando le vite degli altri e analizzando libri, opere d'arte e persino guide turistiche e teorie ufologiche, affronta temi universali con uno stile misurato, capace di sincerità intransigente e di improvvisi, quasi inaspettati, momenti di profonda dolcezza. Lontano da ogni presa di posizione definitiva e con uno sguardo aperto a ogni sfumatura della realtà, *Guarigione* è un libro capace di sorprendere, di far riflettere, di colpire per la sua profonda umanità.

Finito di stampare
nel mese di agosto 2015
per conto di Adriano Salani Editore s.u.r.l.
da Grafica Veneta S.p.A., Trebaseleghe (PD)
Printed in Italy